U0944139

MINGUO
MEIWEN DIANCANG
WENKU

民国美文典藏文库

庐隐卷

秋声

庐隐 著

中国文史出版社

目　　录

灵魂的伤痕

我没有事情的时候，往往喜欢独坐深思，这时我便把我自己站在高高的地方，——暂且和那旅馆作别，不轩敞的屋子——矮小的身体——和深闭的窗子——两只懒睁开的眼睛——我远远地望着，觉得也有可留恋的地方，所以我虽然和他是暂别，也不忍离他太远，不过在比较光亮的地方，玩耍些时，也就回来了。

有一次我又和我的旅馆分别了，我站在月亮光底下，月亮光的澄澈便照见了我的全灵魂。这时自己很骄傲的，心想我在那矮小旅馆里，住得真够了，我的腰向来没伸直过，我的头向来没抬起来过，我就没有看见完全的我，到底是什么样子，今天夜里我可以伸腰了！我可以抬头了！我可以看见我自己了！月亮就仿佛是反光镜，我站在她的面前，我是透明的，我细细看着月亮中的透明，自己十分的得意。后来我忽发见在我的心房的那里，有一个和豆子般的黑点，我不禁吓了一跳，不禁用手去摩，谁知不动还好，越动着这个黑点越大，并且觉得微微发痛了！黑点的扩张竟把月光遮了一半，在那黑点的圈子里，不很清楚的影片一张一张地过去了，我把我所看见的记下来——

眼前一所学校门口挂着一个木牌，写的是“京都市立高等女学校”。我走进门来，觉得太阳光很强，天气有些燥热，外围的气压，使得我异常沉闷，我到讲堂里看她们上课，有的作刺绣，有的作裁缝，有的作算学，她们十分的忙碌，我十分的不耐烦，我便悄悄地出了课堂的门，独自站在院子里，想藉着松林里吹来的风，和绿草送过来的草花香，医医我心头的燥闷。不久下堂了，许多学生站在石阶上，和我同进去的参观的同学也出来了，我们正和她们站个面对面，她们对我们作好奇的观望，我们也不转眼地看着她们。在她们中间，有一个穿着紫色衣裙的学生，走过来和我们谈话，然而她用的是日本语言，我们一句也不能领悟，石阶上她的同学们都拍着手笑了。她羞红了两颊，低头不语，后来竟用手巾拭起泪来，我们满心罩住疑云，狭窄的心，也几乎迸出急泪来！

我们彼此忙忙地过了些时，她忽然蹲在地下，用一块石头子，在土地上写道：“我是中国厦门人”。这几个字打到大家眼睛里的时候，都不禁发出一声惊喜，又含着悲哀的叹声来！

那时候我站在那学生的对面，心里似喜似悲的情绪，又勾起我无穷的深思。我想，我这次离开我自己的家乡，到此地来，不是孤寂的，我有许多同伴，我不是漂泊天涯的客子，我为什么见了她——听说是同乡，我就受了偌大的刺激呢？……但是想是如此想，无奈理性制不住感情。当她告诉我，她在这里，好像海边一只雁那么孤单，我竟为她哭了。她说她想说北京话而不能说，使她的心急得碎了，我更为她止不住泪了！她又说她的父母现在住在台湾，她自幼就看见台湾不幸的民族的苦况……她知道在那里永没有发展的机会，所以她才留学到此地来……但她不时思念祖国，好像想她的母亲一样，她更想到北京去，只恨没有能力，见了我们增无限的凄楚！她伤心得哭肿了眼睛，我看着她那黯淡的面容，莹莹的泪光，我实在觉得十分刺心，我亦不忍往下看了，也忍不住往下听了！我一个人走开了，无意中来到一株姿势苍老的松树底下来。在那树荫下，有一块平滑的白石头，石头旁边有一株血般的红的杜鹃花，正迎风作势。我就坐在石上，对花出神；无奈兴奋的情绪，正好像开了机关的车轮，不绝地旋转。我想到她孤身作客——她也许有很好的朋友，但是不自然的藩篱，已从天地开始，就布置了人间，她和她们能否相容，谁敢回答呵！

她说她父亲现在台湾，使我不禁更想到台湾，我的朋友招治，——她是一个台湾人——曾和我说："进了台湾的海口，便失了天赋的自由；若果是有血气的台湾人，一定要为应得的自由而奋起，不至像夜般的消沉！"唉！这话能够细想吗？我没有看见台湾人的血，但是我却看见眼前和血一般的杜鹃花了；我没有听见台湾人的悲啼，我却听见天边的孤雁嘹栗的哀鸣了！

呵！人心是肉作的。谁禁得起铁锤打、热炎焚呢？我听见我心血的奔腾了，我感到我鼻管的酸辣了！我也觉得热泪是缘两颊流下来了！

天赋我思想的能力，我不能使它不想；天赋我沸腾的热血，我不能使它不沸；天赋我泪泉，我不能使它不流！

呵！热血沸了！

泪泉涌了！

我不怕人们的冷嘲，也不怕泪泉有干枯的时候。

呵！热血不住地沸吧！

泪泉不竭地流吧！

万事都一瞥过去了，只灵魂的伤痕，深深地印着！

（原载1922年8月11日

《时事新报·文学旬刊》第46期）

华严泷下

呵！千辛万苦走尽了层叠不绝的群山，奔腾急湍的瀑布声，推出听觉中的一切声浪而占据了。白云般的急流，半空中涌出来，细密的水花溅到面部来，一阵阵的微寒沁入心灵里；这时的知觉只有感到沉默和神秘。同游的伴侣乃和对我说："到了这种景地，叫人实在难以描写：四面削立千仞的高山隔绝尘世的一切；现在的思想，已经不是平日我们所有的思想了！现在的四围只有伟大的神秘可以形容它们。"我这时为一种神秘的静寞支配了，我对于乃和所说的话，只有心许，却不能回答她。

我独自沉默着。把心灵交给了白云了，交给流水了；我万千的柔情和沉迷的深恋，也都交给这一刹那的自然了。丞姐她好像是得到宇宙的生机，她永远不受神秘的支配，她从不曾说过灰心的话，她也从不问宇宙是什么，她喜欢活动，她到一个地方，她便想再换一个地方。这时她又在催我们走，她说："看见就完了，我们再到别处玩去罢！"我被她催促了，不知不觉心里一酸，流下泪来，唉！我知道自己的渺小，我要知道尘梦的短促；我何苦离开他作个失恋的可怜人！

乃和胆怯地坐在我的身旁，她悄悄地叹道："人事有完的时候，水流没有竭的时候。”我听了这话，更由不得伤心，我忏悔我以往我的种种……唉！这时的心真失却主张了！

丞姐在半山上招手，劝我们更前进，我只懒懒地不愿动。她说：“你不是要看华严吗，为什么在那里老坐着不动呢?”我听了这话仍在踌躇，丞姐又高叫道：“唉呀！这真是奇怪极了！在高山时是水，流下来便成了烟了……”她的话打动了我的心，便随了她又奔了许多羊肠的山路，转弯处果见飞烟软雾中，云织成般的梯子，从山巅下垂，半生梦想的华严果然看见了！我理想中的瀑布，以为只是丝丝流水，却想不到从山巅上涌下来的急水，竟不是水，是一道的飞烟，是无数的白云，几至流到山湾时，因激流激石的缘故，喷出细腻的水花，那水花便随空气四散，因其浓厚，又像是半山罩了白雾。

我不禁迷醉了！怔怔坐在飞泷的对面凝望，忽然从左边山坡上下来几个人——缙绅样的态度，站在我的斜对面，指点评论。我无意中对他们望了望，在他们怅惘怜乞的脸上，使我发觉了一件不幸的认识：我平日觉得人生事业的成功，是有无上的光荣，而这时我总觉成功实在是最伤心的事，并且是最有限的事。当我未到华严之前，我心灵中充满了无限的渴望，这个渴望增我许多生趣；我有时坐在葡萄架下看云天飘渺，我便在云端里造无穷的意象，那时白云作了我温柔的褥子，蓝天作了我遮日的屏风，月亮作了我的枕头；我安静睡在那里，永远不会想到失望的苦痛。——现在呢，华严是在我的眼睛里；和从那烂湿的污泥，爬到高坡上时的艰难，所得到的代价，当时的喜悦，只一声的长叹表示出来了；现在心里所有的除了忏悔和沉闷——间或含着些羞耻和惭愧的念头外，没有更多的思想了。

丞姐依旧兴高采烈，她发起一同照相，作个游华严的纪念。我没什么意见，因坐在乃和的旁边，手里拿着我唯一的良伴——日记本——对着瀑布下面潺潺的细流，寄我无穷的深意，和怅惘的情绪，照相我始终没有在意。

我好思虑的心，这时更跑到绝路上去了！我想到广漠的世界，只有一面真理的镜子是透明的，除了这面真理的镜子外，便全都有色彩了，无论什么人要是不拿那赤裸裸透明的真理镜子来照，自己是永远不认识自己，也更不认识别人了。

一个人被认识是最不容易的事，也是最不幸的事，我永不希望人们知道我，因为我是流动的，是矛盾的，是有限的；人们认识了我，便是苦了自己。

去年的夏天，一个黄昏里，我依稀记得那时候，正是下过一阵暴雨之后，斜阳从一带深碧的树林里，反射在白色的粉墙上，放出灿烂的金光，映出疏淡的树影；阵阵微风，吹过醉人的玫瑰花香。我独自坐在荼蘼架下，看被雨洗过的树叶，格外显得翠绿，衬着那如美人带酒、娇媚无力的红花，加倍使人迷醉了；那时我的朋友澄如，她从外面进来，拿着雨伞指着我说："这种美景，——在这所房子，除了你谁来享受?"我听了这话很觉不安——我相信多和一个人接触便多一重苦恼。

我有时觉得我的生命太短促，不够我使用；有时我又觉得一天好像一年，实在太长久了，竟没有法子消遣。

吃饭，穿衣服，住房子，真是一件大事！不过若有一个人对我说"你是为吃饭、穿衣服、住房子而生活的"，我一定觉得那个人太轻视我了。我一定要为自己申辩，或者还要恨说这个话的人。但是我今天认识我自己了，在我过去的历史中，我的生活除了吃饭、穿衣服、住房子，我真不知道还为什么。不过在全世界全人类组织体中的一个小我，原值不得什么。

现在我悄悄站在瀑布面前，看那不断的激湍，心里禁不住乱跳，我想若使我把躯壳交给他，这洁白的飞泉里就染上尘垢了！——其实用不到顾及这些，不过没有勇气的我，这一念也未尝不能造成未来万劫之因了！

我自己不自觉，对着那三千尺的华严泷，神往了多少时候；不过最后，在我麻木的心里，又起了变动，我仿佛看见，那飞泷里，所喷出来的水烟，都含着神秘的暗示。假若我这时是在水烟的中心，身上的污汗一定消涤无余；若再到了飞烟的深处，我的心——尘俗的心——一定由极热而变到极冷，极浊而变极清；便是那不可捉摸的灵魂，也要同水烟搅和起来，随着空气的激荡，送到未来的许多游客脸上身上，更浸入他们的心里，使他们消了污汗，息了罪恶之愤火，灭了贪狠的欲望，而投降了伟大的自然。

绵绵不断的思想，忽被冷不防的一击而打断了，回头又见丞姐含笑说："还不让开，有人要在此地照相。"我无奈只得懒懒地走开了，回头看见秀姐还默默地蹲在山涧旁边，玩弄那石缝中的流水，丞姐叫了她两声，她才惊觉，深深地长叹一声躲开了。

那几个游人照完了相，他们不知道想起什么来了，跑到我们面前打探我们的来历。我们和他们言语不通，始终不能彼此了解，后来引导我们来的那位山田先生替我们作了翻译。他们听说我们是中国的女学生，脸上的惊奇色使我们震惊。后来他们拿出一张名片来，叫我们随意写几个字，或几句话作个游华严遇见我们的纪念。其实我真嫌他们多余，我接了片子不知道写什么好，沉吟了半天，才随意把我那时的感想，作成一首短诗给他们道：

唉！庄严的女神呵！
在你的足下藐小的更藐小了！
纯洁的女神呵！
在你的足下尘浊的更尘浊了！
用你的泪洗清了吧！
用你的爱臂环抱了吧！

生命的认识者，向你膜拜了！

他们拿了片子，离开我们回去了。四面不透日光的深山里，罩上将近黄昏的微雾，更觉得阴深幽秘了。同来的伴侣，也来催我归去；我不能对她们宣示我心头的隐秘，只得勉强离开灵魂的恋者，受那刺心离别的苦痛了！

我一壁扶着那石缝中的石根，向上攀缘，我竟忘了我这时足所履的地方，是上不接天日，下不着平地，是半山上的险径，两只眼睛，只管注释那多情的碧水，由不得流下泪来！

唉！险径走完了，到了山顶的平地上，更助人惝然的，是那将要下山的斜阳，照着那山阴下几株杜鹃，犹徘徊不忍归去，这情景更摧断我的愁肠，再回头，华严已经又是以往的印象了！

（原载 1922 年 9 月 11 日
《时事新报·文学旬刊》第 49 号）

月下的回忆

晚凉的时候，困倦的睡魔都退避了，我们便乘兴登大连的南山，在南山之巅，可以看见大连全市。我们出发的时候，已经是暮色苍茫，看不见娇媚的夕阳影子了。登山的时候，眼前模糊，只隐约能辨人影；漱玉穿着高底皮鞋，几次要摔倒，都被淡如扶住，因此每人都存了戒心，不敢大意了。

到了山巅，大连全市的电灯，如中宵的繁星般，密密层层满布太空，淡如说是钻石缀成的大衣，披在淡装的素娥身上；漱玉说比得不确，不如说我们乘了云梯，到了清虚上界，下望诸星，吐豪光千丈的情景为逼真些。

他们两人的争论，无形中引动我们的幻想，子豪仰天吟道："举首问明月，不知天上今夕是何年?"她的吟声未竭，大家的心灵都被打动了，互相问道："今天是阴历几时？有月亮吗?"有的说十五，有的说十七，有的说十六。漱玉高声道："不用争了。今日是十六，不信看我的日记本去!"子豪说："既是十六，月光应当还是圆的，怎么这时候还没有看见出来呢?"淡如说："你看那两个山峰的中间一片红润，不是月亮将要出来的预兆吗?"我们集中目力，都望那边看去了，果见那红光越来越红，半边灼灼的天，像是着了火，我们静悄悄地望了些时，那月儿已露出一角来了；颜色和丹砂一般红，渐渐大了也渐渐淡了，约有五分钟的时候，全个团团的月儿，已经高高站在南山之巅，下窥芸芸众生了。我们都拍着手，表示欢迎的意思。子豪说："是我们多情欢迎明月，还是明月多情，见我们深夜登山来欢迎我们呢？"这个问题提出来后，大家议论的声音，立刻破了深山的寂静和夜的消沉，那酣眠高枝的鹧鸪也吓得飞起来了。

淡如最喜欢在清澈的月下、妩媚的花前，作苍凉的声音读诗吟词，这时又在那里高唱南唐李后主的《虞美人》，诵到"故国不堪回首月明中"声调更加凄楚。这声调随着空气震荡，更轻轻浸进我的心灵深处；对着现在玄妙笼月的南山的大连，不禁更回想到三日前所看见污浊充满的大连，不能不生一种深刻的回忆了！

在一个广场上，有无数的儿童，拿着几个球在那里横穿竖冲的乱跑，不久铃声响了，一个一个和一群蜜蜂般地涌进学校门去了。当他们往里走的时候，我脑膜上已经张好了白幕，专等照这形形式式的电影。顽皮没有礼貌的行动，憔悴带黄色的面庞，受压迫含抑闷的眼光，一色色都从我面前过去了，印入心幕了。

进了课堂，里头坐着五十多个学生，一个三十多岁，有一点胡须的男教员，正在那里讲历史，"支那之部"四个字端端正正写在黑板上。我心里忽然一动，我想大连是谁的地方啊？用的可是日本的教科书——教书的又是日本教员——这本来没有什么，教育和学问是没有国界的，除了政治的臭味——它是不许藩篱这边的人和藩篱那边的人握手以外，人们的心都和电流一般相通的——这个很自然……

"这是哪里来的，不是日本人吗？"靠着我站在这边的两个小学生在那窃窃私语，遂打断我的思路，只留心听他们的谈话。过了些时，那个较小的学生说："这是支那北京来的，你没有看见先生在揭示板写的告白吗？"我听了这口气真奇怪，分明是日本人的口气，原来大连人已受了软化了吗？不久，我们出了这课堂，孩子们的谈论听不见了。

那一天晚上，我们住的房子里，灯光格外明亮。在灯光之下有一个瘦长脸的男子，在那里指手划脚演说："诸君！诸君！你们知道用吗啡培成的果子，给人吃了，比那百万雄兵的毒还要大吗？教育是好名词，然而这种含毒质的教育，正和吗啡果相同……你们知道吗？大连的孩子谁也不晓得有中华民国呵！他们已经中了吗啡果的毒了！

"中了毒无论怎样，终久是要发作的，你看那一条街上是西岗子，一连有一千余家的暗娼，是谁开的？原来是保护治安的警察老爷和暗探老爷们勾通地棍办的，警察老爷和暗探老爷，都是吃了吗啡果子的大连公学校的卒业生呵！"

他说到那里，两个拳头不住在桌上乱击，口里不住地诅咒，眼泪不竭地涌出，一颗赤心几乎从嘴里跳了出来！歇了一歇他又说：

"我有一个朋友，在一天下午，从西岗子路过。就见那灰色的墙根底下每一家的门口，都有一个邪形鸩面的男子蹲在那里，看见他走过去的时候，由第一个人起，连续着打起呼啸来。这种奇异的暗号，真是使人惊吓，好像一群恶魔要捕人的神气。更奇怪的，打过这呼啸以后立刻各家的门又都开了：有妖态荡气的妇人，向外探头。我那个朋友，看见她们那种样子，已明白她们要强留客人的意思，只得低下头，急急走过。经过她们门前，有的捉他的衣袖，有的和他调笑，幸亏他穿的是西装，她们不知道他到底是什么来历不敢过于造次，他才得脱了虎口。当他才走出胡同口的时候，从胡同的那一头，来了一个穿着黄灰色短衣裤的工人，他们依样的作那呼啸的暗号，他回头一看，那人已被东首第二家的一个高颧骨的妇人拖进去了！"

唉！这不是吗啡果的种子，开的沉沦的花吗？

我正在回忆从前的种种，忽漱玉在我肩上击了一下说：“好好的月亮不看，却在这漆黑树影底下发什么怔。”

漱玉的话打断我的回忆，现在我不再想什么了，东西张望，只怕辜负了眼前的美景！

远远地海水放出寒栗的光芒来。我寄我的深愁于流水，我将我的苦闷付清光；只是那多事的月亮，无论如何把我尘浊的影子，清清楚楚反射在那块白石头上。我对着她，好像怜她，又好像恼她。怜她无故受尽了苦痛的磨折，恨她为什么自己要着迹，若没这有形的她，也没有这影子的她了；无形无迹，又何至被有形有迹的世界折磨呢？……连累得我的灵魂受苦恼……

夜深了！月儿的影子偏了，我们又从来处去了。

（选自1922年《小说月报》第13卷第10号）

生命的光荣

——叩苍从狱中寄来的信

这阴森的四壁，只有一线的亮光，闪烁在这可怕的所在，暗陬里仿佛狞鬼睁视，但是朋友！我诚实的说吧，这并不是森罗殿，也不是九幽十八层地狱，这原来正是覆在光天化日下的人间哟！

你应当记得那一天黄昏里，世界呈一种异样的淆乱，空气中埋伏着无限的恐惧。我们正从十字街头走过，虽然西方的彩霞，依然罩在滴翠的山巅，但是这城市里是另外包裹在黑幕中，所蓄藏的危机时时使我们震惊。后来我们看见槐树上，挂着血淋淋的人头，峰如同失了神似的“哎哟”一声，用双手掩着两眼，忙忙跑开。回来之后，大家的心魂都仿佛不曾归窍似的，……过了很久峰才舒了一口气，凄然叹道：“为什么世界永远的如是惨淡？命运总是如饿虎般，张口向人间搏噬!?”自然啦，峰当时可算是悲愤极了，不过朋友你知道吧！不幸的我，一向深抑的火焰，几乎悄悄焚毁了我的心。那时我不由地要向天发誓，我暗暗咒诅道：“天！这纵使是上苍的安排，我必以人力挽回，我要扫除毒氛恶气，我要向猛虎决斗，我要向一切的强权抗冲……”这种的决心我虽不会明白告诉你们，但是朋友，只要你曾留意，你应当看见我眼内爆烈的火星。

后来你们都走了，我独自站在院子里，只见宇宙间充满了冷月寒光，四境如死的静默。我独自厮守着孤影，我曾怀疑我生命的荣光。在这世界上，我不是巍峨的高山，也不是湛荡的碧海，我真微小，微小如同阴沟里的萤虫，又仿佛冢间闪荡的鬼火，有时虽也照见芦根下横行跋扈的螃蟹，但我无力使这霸道的足迹，不在人间践踏。

朋友！我独立凄光下，由寂静中，我体验出我全身血液的滚沸，我听见心田内起了爆火，我深自惊讶。呵！朋友！我永远不能忘记，那一天在马路上所看见的惨剧，你应也深深地记得：

那天似乎怒风早已诏示人们，不久将有可怕的惨剧出现。我们正在某公司的楼上，向那热闹繁华的马路瞭望，忽见许多青年人，手拿白旗向这边进行。忽然间人声鼎沸如同怒潮拍岸，又像是突然来了千军万马。这一阵紊乱，真不免疑心是天心震怒。我们正摸不着头脑的时候，忽听霹啪一阵连珠炮响，呵！完了！完了！火光四射，赤血横流。几分钟之后，人们有的发狂似的掩面而逃，有的失神发怔。等到马路上人众散尽，唉！朋友！谁想到这半点钟以前，车水马龙的大马路，竟成了新战场！愁云四裹，冷风凄凄，魂凝魄结，鬼影憧憧，不但行人避路，飞鸦也不敢停留，几声哑哑飞向天阊高处去了。

朋友！我恨呵！我怒呵！当时我不住用脚踩那楼板，但是有什么用处，只不过让那些没有同情的人类，将我推搡下楼。我是弱者，我只得含着眼泪回家，我到了屋里，伏枕放量痛哭。我哭那锦绣河山，污溅了凌践的血腥；我哭那皇皇中华民族，被虎噬狼吞的奇辱；更哭那睡梦沉酣的顽狮，白有好皮囊，原来是百般撩拨，不受影响。唉！天呵！我要叩穹苍，我要到碧海，虔诚地求乞醒魂汤。

可怜我走遍了荒漠，经过崎岖的山峦，涉过汹涌的碧海，我尚未曾找到醒魂汤，却惹恼了为虎作伥的厉鬼，将我捉住，加我以造反的罪名，于是我从陡峭山巅，陨落在这所谓人间的人间。

朋友！在我的生命史上，我很可以骄傲，我领略过玉软香温的迷魂窟的生活，我品过游山逛海的道人生活……现在我要深深尝尝这囚牢的滋味，所以我被逮捕的时候，我并不诅咒，作了世间的人，岂可不遍尝世间的滋味？……当我走进刚足容身的牢里的时候，我曾酣畅地微笑着，呵！朋友，这自然会使你们怀疑，坐监牢还值得这样的夸耀？但是朋友！你如果相信我，我将坦白地告诉你说，世界最苦痛的事情，并不是身体的入牢狱，只是不能舒展的心狱。这话太微妙了，但是朋友！只要你肯稍微沉默的想一想，你当能相信我不是骗你呢。

这屋子虽然很小，但它不能拘束我心，不想到天边，不想到海角，我依然是自由，朋友你明白吗？我的心非常轻松，没有什么铅般的压迫，有，只是那未沥尽的热血在蒸沸。

今天我伏在木板上，似忧似醉的当儿，我的确把世界的整个体验了一遍，唉！我真像是不流的死沟水，永远不动的，伏在那里，不但肮脏，而且是太有限了。我不由得自己倒抽了一口气，但是我感谢上帝，在我死的以前，已经觉悟了，即使我的寿命极短促，然而不要紧，我用我纯挚的热血为利器，我要使我的死沟流，与荡荡的大海洋相通，那么我便可成为永久的，除非海枯石烂了，我永远是万顷中的一滴。朋友！牢狱并不很坏，它足以陶熔精金。昨夜风和雨，不住地敲打这铁窗，这也许有许多的罪囚，要更觉得环境的难堪；但我却只有感谢，在铁窗风雨下，我明白什么是生命的光荣。

按罪名我或不至于死，不过从进来时，审问过一次后，至今还没有消息。今早峰替我送来书和纸笔，真使我感激，我现在不恐惧，也不发愁，虽然想起兰为我担惊受怕，有点难过，但是再一想“英雄的忍情，便是多情”的一句话，我微笑了，从内心里微笑了。兰真算知道我，我对她只有膜拜，如同膜拜纯洁圣灵的女神一般。不过还请你好好地安慰她吧！倘然我真要到断头台的时候，只要她的眼泪滴在我的热血上，我便一切满足了。至于儿女情态，不是我辈分内事……我并不急于出狱，我虽然很愿意看见整个的天，而这小小的空隙已足我游仞了。

我四周围的犯人很多，每到夜静更深的时候，有低默的呜咽，有浩然的长叹。我相信在那些人里，总有多一半是不愿犯罪，而终于犯罪的，唉！自然啦，这种社会底下，谁是叛徒，谁是英雄？真有点难说吧！况且设就的天罗地网，怎怪得弱者的陷落？朋友！在这种情形之下，我们该作什么？让世界永远埋在阴惨的地狱里吗？让虎豹永远的猖獗吗？朋友呵！如果这种恐慌不去掉，我们情愿地球整个的毁灭，到那时候一切死寂了，便没有心焰的火灾，也没有凌迟的恐慌和苦痛。但是朋友要注意，我们是无权利存亡地球的，我们难道就甘心作走狗吗？唉！我简直不知道要说什么哟。

我在这狭逼囚室里，几次让热血之海沉没了。朋友呵！我最后只有祷祝，只有恳求，青年的朋友们，认清生命的光荣……

（原载 1922 年 10 月 10 日

《时事新报·文学旬刊》第 52 期）

离开东京的前一天

我将要离开东京的前一天，我曾到那位面容瘦长、眼含慈祥气的天才著作家秋田的家里去。他的寓所是在一个很僻静的地方，离热闹的市廛很远，是个城里的乡下，房子的构造和布置都很简单，一共是两楼两底，底下是他的夫人和两个女儿住的，上头是他的书房。他书房里的布置，虽然望过去，好像很杂乱的，然而里头却都寓着艺术美，在那很朴质的墙上挂着一个破轮船上割下来的朽木，然而在那木头上，点缀了两只活泼泼的鲤鱼，这鲤鱼有一只头和尾露在木头的外面，鱼肚子是镶在木头里头；那一只是全体都露在木头外边，头向下仿佛将沉入水里的姿势。这时这块小小朽木，立刻变成汪洋大海，无数的鲤鱼在那里浮沉、游泳，这种艺术美，我不禁为之沉醉了！

我们这次的见面，已经是第二次了。在那间精雅的小书房里，不容留人间的虚伪；我和他，还有一个和我同来的杨先生，我们都赤裸裸地把我们心灵里要说的话都说了。我们谈来谈去，便谈到近代的文学趋势和文学家的使命上了。秋田先生他很滑稽地说：“近来的文坛，竟越弄越奇了，他们在下笔以先，自己先套上一个圈子，讲起那一派那一个主义来，其实这些名词，都是后来的批评家，给作家的官衔，作者自身不应当自己限量自己，……我以为掬我内心的热诚，替灰色的人生写照，抉出他们的隐痛，使他们的创痕复原也就够了！

“现在日本和中国的情形，差不多很相似的：都是在有产阶级和无产阶级起了冲突的时期。文学是时代的产儿，自然也陷入不可调和的漩涡中，一班人倡言第四阶级的文学，一班人就来反对。他们的争论很剧烈，但是我们应该觉悟，文学家的使命，除了帮助第四阶级开花结果，没有更大工作了！若果第四阶级是告了成功，也就用不着文学家了！”

秋田先生，他对于中国的情形，很隔膜——他心目中的中国，都是书本子上，不长进的中国，所以我们谈话的时候，他很注意我的行动和服装，他曾经奇异地问我道：“女士没有缠足吗？”这话实在最使我难受和羞耻了！只得答道：“这是中国从前的坏习惯，有知识的人早已觉悟，不更受这不自然人道刑罚了。”我说完这话，不觉心里一酸，并且觉得惭愧！那些没有知识的乡下人，不是还在那里缠足吗？人道的光焰不能遍照了她们吗？……我深悔失言，但是不失言又叫我怎么回答呢？……幸亏他不曾再往下追问，我们又换了谈话的目标了。

我们谈得很久了，彼此都有了些倦意，秋田先生便取出许多写真片来指点给我们看，看到中间有一张是日本有名文学家、已故岛村抱月的照片，我们对着这伟大精神的文学家的遗容，生出无限景仰的心来。秋田先生又告诉我们说：“岛村先生是最能创作剧本的作家，他美丽的音调，精巧的结构，曾经一个绝代佳人的珠喉歌过，更是两美并济，使人叹息不易得了！

“那位佳人就是松井须磨子，在当时的艺术座上，她占最重要的位置，她所扮演的剧本，皆是岛村先生心血组织成的，并且也是他亲自教成的。

“这种心灵已经流通了，便不受任何种藩篱的阻隔，岛村和松井须磨子便发生了恋爱的关系，不过岛村先生已经有妇，松井须磨子已经有夫，在法律上他们是不能再有结合的余地，但是爱情是不怕法律的，也不爱虚荣的，当时虽受一般人的非难，在他们已经调冾的爱情，是毫不因此而分开的。后来岛村先生死了，松井须磨子便为爱情而自杀，使干枯虚伪的世界上，开了一朵又灿烂又纯洁的花，现在的一座石坟，虽然已成过去的陈迹了，而在暗淡的斜阳中犹受人们的凭吊和回忆。”

他说到这里又指着一张照片，里头有一个修眉朗目的女子说：“这便是伊的遗容……你看伊的容貌怎么样？”我果然细细看了一遍，觉得伊的好处，不在五官端正，而在伊挺拔超越的风采，伊一对眼角微向上吊着，眉梢长而细，和绿鬓差不多相接连，身材亭亭好像孤立的傲竹，真是不可多得的人才……可惜好花已经谢了，不知道掩埋秀骨的荒坟，曾否有满了荆棘的凄凉，恨不得立刻到那边去看……

不久我们便离开了秋田先生的书房，向他的住所后边那一块坟地的路线进行。这时候已经六点钟了，天空漫着一层稀薄的雨云，太阳的光线，本来不强，亦被雨云一遮，更现着凄迷闪烁了！并且我们所走的路径，又是很僻静的小路，路旁除了几株榆树，开着细碎的白花，有时发出一阵清幽的香气来，此外没有别的点缀。我很快经过一段竹篱，前面露出一片很平滑的绿草地，有三个青年女子，一个穿着浅紫色的上衣，天青色的罗裙，头上乌云般的柔发，覆着前额；还有两个女子，面向东坐着，看不清楚，并且旁边还放着一把黑色大洋伞，遮住了伊们的全身，只露着白色罗衫的一角罢了！

在这荒野的地方，有她们来点缀点缀，实在可以减去许多寂寞！

经过伊们座谈的绿草地，又来到一所房子面前，苍碧色的爬山虎，遮住灰色的土墙；一个赤着小胖足的孩子，站在墙根底下，两颗星般的眼珠，不住对我们望着。秋田先生微笑着说："这个孩子是没有偏狭心理的，因为他父亲是俄国人，母亲是日本人，在他的父母心里，已经破除种族和国家的界限了。他父亲和我很熟，我们常在这屋子里见面。"

我们闲谈着，已到了许多荒坟的面前，日本习俗，人死多火葬，所以他们的坟墓很简单，只用一个小盒子，把烧化的残灰藏在里头，埋在地下，在旁边插一棵小松树，安一块木牌或石碑，写着死者的姓名，和死的年月。从远远的地方望过去，只见这一带的林木苍郁，秋田先生指点道："这一带约有五十几个坟墓，都是不知姓名的人，死在大街上或荒野里，经警察所收藏埋在这里。他们才埋的时候，旁边所插的树，不过四五寸高，现在已经长到五六尺了，但是他们早已不明白世界上的一切了！"

这几句话，很能使我静止的心涛波动了，因此我们便谈到人生观方面来。秋田先生说："我从前曾走错了路，以为人类是超越万有的，现在我觉悟不对了，其实人类与兽类没有多少差别：只是智慧比较得高些，能创造一切——从前所没有的东西——罢了。虽然我并不觉得没趣味，因为去创造没有过的东西，来满足刹那的欲望，就是很有趣味的事情！"

过了一带无主的孤坟，又来到一带罪人的墓前。秋田先生叹息着告诉我们道："广漠的世界上，唯有这些人的遗骸是到处充满的，他们为一时兽欲的冲动，结果生下了儿女，这些不幸的小人类，不能光明正大见天日，因为他们的父母在人前是事事怕羞的，在法律之下是事事帖服的，所以私生子只能在那黑暗的地窟里，和那些静僻的野草丛中，另辟他们的世界了！

"日本的政府，规定救济私生子的法子，是每一个私生子呈报到政府那里，例有百金的赏格。有些不自爱的人们，一面领了赏银，一面放弃他们保护那孩子的责任，有的挖个土坑，把孩子活埋了；有的把孩子的脖头用力掐着，闭了气就完了！这些残忍的把戏，有时被人发觉了，便处他们以死刑……这一带共三十多个坟墓，都是犯了这罪致死的人们的遗骸！”

我们只顾指点闲说，不觉得连那反射在远远塔尖的斜阳余晖，也都藏起来，而我们所要看的坟墓还没有看见。因急忙走到那里，两扇极矮的柴门虚掩着，柴门的两旁有两根高石柱，墓上有一块心式的石碑竖在上面，比那石柱还要高。我们来到坟前，推开柴门，墓旁两个插鲜花的筒里还插着两把残余的野花，在地下还放着一个枯干的玫瑰花圈。我站在柴门口，望着荒坟，心里便造成无穷的意象，我想照片上的她已不是真的她了，这孤坟里的她也绝不是活泼泼的她，而肉的眼永远看不见她，只看见她的照片。她的坟墓——呵！真是生的惊奇，好像积气的天，飞翔变化的云，永远不可捉摸呢——

秋田先生向看坟人那里买花回来了，他将鲜花换了残花，将整香换了剩香，又叫人把坟前的灰尘打扫干净，脱下帽子恭恭敬敬向那坟里的松井须磨子深深鞠了一躬，在这一刹那，我看见人间无穷的伟大了！

离开这里约有五十步的光景，便是岛村先生和他夫人合葬的坟了，但是他的夫人现在还没有死。有人说，不如把松井须磨子的坟，跟他合葬了吧！而一般道德家、法律家，都很惊吓得发起狂来，这些人多余的主张也就打消了，其实不合葬的已合葬了！合葬的中间已竖起三千丈的壁垒，谁又明白这个呢？

我们在那里徘徊凭吊些时才遵旧路回来，不过路虽是旧路，那三个女子不见了！赤足的肥孩子也不见了！只看见一只牛，拴在那绿草地旁边的大槐树上，在草地的对面，一带松林里，隐隐有一所高台阶的房子，一个五六十岁的老头儿，弯着腰在那里扫地。世界上的东西未曾有一秒钟是静止的，未来的一切谁能预料得到？不过从这里回去的第二天，我的确离开东京了。

（原载 1923 年 3 月 21 日
《时事新报·文学旬刊》第 68 期）

扶桑印影

今年四月二十九日的夜里，疏星历落，清光掩映，我们二十个征人乘了一只日本船叫作“长沙丸”的，直奔烟波渺茫的大海里去。在海上过了五天五夜，已到那白云深处的“蓬莱仙岛”了。在岛中小住月余，曾游西京、东京、大阪、神户、奈良、横滨、日光、广岛诸胜地，归途又经釜山、汉城、平壤、大连、旅顺等地，万影灿烂。只可惜我的心幕有限，所印下来的不多，且自从回国以后，事忙心倦，更不知又模糊多少！

昨夜微雨，新凉宜人，幽斋独处，才能把笔略写心头残影。但千头万绪，真不知从什么地方写起。现在为便利回忆起见，拟分门别类，逐件写出，惟不能逐日详载，故不敢作《扶桑纪游》，只作个《扶桑印影》罢了。

（一）风景　日本的风景，久为世界各国所注目，有东方公园的美誉，再加上我爱美景如生命，所以推己及人，也先把“蓬莱”的美景写出来以供同好——

（1）西京　西京风景清幽，环山绕水，共有四座青山，吉田山、睿山、大文字山、圆山，四山中睿山最高，我们登睿山之巅，可窥西京全市，而最称胜绝的是清水寺、琵琶湖。

清水寺在音羽山之巅，山上满植翠柏苍松；在万绿丛中，闲杂几枝藤花，嫩紫之色，映日成彩，微风过处，松涛澎湃，花影袅娜。我独倚大悲阁的碧栏，近挹清香，远收黛绿，超然有世外感。庙宇之前，有滴漏，为香客顶礼时洗手之用，漏流甚急，其声潺潺，好像急雨缘屋檐而下。

琵琶湖琵琶湖是西京第一名胜，沿江共有八景。我们在五月七日的那一天泛棹湖中，时正微雨，阴云四合，满湖笼烟漫雾，一片苍茫，另有一种幽趣。后来雨稍住，雾稍散，青山隐约可辨，远望诸峰，白云冉冉，因风变化，奇形怪状，两眼为之迷离。

后来船到石山寺，我们便舍舟登岸，直奔石山寺。此寺也在高山之巅，仿佛中国西湖之灵隐，寺中多独干老松，高齐庙阁，院中满植芭蕉，被急雨敲击，清碎如弄珠玉。

傍晚雨止雾收，斜阳残照，从白云隙中射出，照在湖面上，幻成紫的粉红的嫩黄的种种色彩。我们坐在船上如观图画，不久斜阳沉入湖心，湖上立刻幂上一层黑幕，青山白云，都陷入黑幕中，但数点渔火，犹兀自含情向人呢。

（2）日光　日光乃日本景致最好的地方，日本人有句俗话说："不到日光不算见物。"日光的身价可得而知了。日光共有十六景：一、日光国币中社荒神社；二、日光神桥；三、日光华严泷；四、日光东照宫阳明门；五、日光中禅寺歌ケ滨观音；六、日光东照宫眠猫；七、日光中禅寺湖大尻桥；八、日光里见泷；九、日光东照宫五重塔；十、日光雾降泷；十一、日光大猷庙唐门；十二、日光东照宫唐门；十三、日光中宫祠湖上野岛；十四、日光中禅寺湖滨；十五、日光杉并木；十六、日光三佛堂及相轮塔。

这十六景中杉并木、中禅寺湖、雾降泷、里见泷、中禅寺湖大尻桥这几个地方，更自然更秀丽，不过最使我不能忘怀的，还要算是华严三千尺大瀑布了。

当日游华严还走了六十里路，辛苦是最辛苦，而有了这种深刻的印象，也就算值得。在华严泷的背后，还有一个白云泷。当时我们到了白云泷，看见急水如云，从半山中奔腾而下，已经叹为奇观，乃至到了华严泷时，只看见三千尺的云梯，从山巅下垂，云梯之下，是飞烟软雾，哪有一滴看出来是水。这种奇妙的大观，怎能不引诱人们忘记人间之乐呢？可惜我那时不曾大彻大悟，遂造成未来的万劫之因了。可叹！

（3）宫岛　宫岛乃日本三景之一，所谓三景是松岛（在北部），天之桥立及宫岛。我们于黄昏时泛舟海上，碧水渺渺，波光耀霞，斜阳余晖，映浪成花，沿海青山层叠，白云氤氲，在海上游荡些时，又登岸奔红叶谷，这时微风吹来，阵阵清香，夹路松杉峥嵘，渡过一架小红桥，就看见红叶如锦，喷火吐焰，真是妙境，便是武陵人到桃源，恐怕还要叹不及此呢！

“蓬岛”称绝的三景，我只到了一处，未免是个憾事，不过在日本住了一个多月，到了八九个地方，无论到哪处，都没有感到飞沙扬尘、满目苍凉的况味，就是坐在火车上，也是目不断青山的倩影，耳不绝松涛的幽韵，更有碧绿的麦垄，如荼的杜鹃，点缀田野，快目爽心，使我赞不绝口了。

其实中国江南川北，也何尝没有好风景，何值得我如是沉醉，不过“蓬莱”另有“蓬莱”之景，其潇洒风流，纤巧灵秀，不可与中国流丽中含端庄的西子湖同日而语，所以我虽赞许“蓬莱”之佳，亦不敢抹煞西子之胜，盖燕瘦环肥，各有可以使人沉醉之处呢！

（二）教育　日本的教育，是老老实实要办教育的教育，和中国拿教育作门面迥然不同了。这次在西京看的学校，是帝国大学、寻常小学校、第一女子高等学校、京都府立第一中学、同志社女学校，在大阪看了女子师范学校附属小学校、奈良女子高等师范学校附属中小学校，在东京看了音乐学校学习院、女子大学、东京女子高等学校、东京帝国大学、东京盲学校、东京聋哑学校、迹见女学校、女子学习院、东京府立青山师范学校、东京高等师范学校、东京美术学校、东京府立女子师范学校、东京府立第二高等女学校、东京市立玉姬寻常学校。

以上各学校，自然各校有各校不同的性质，其具体的组织，用不着写也不能写，只能由这些具体里抽出日本教育的精神如何，现在可分三方面说：

(1) 日本教育的优点　日本教育的优点很多，然而也可以用一句话包括起来，就是所谓要办教育的教育。因为日本人知道教育的重要，彻底了解教育的重要，所以有要办教育的决心，有了要办教育的决心，这个办出来的教育，才有好处。日本政府对于他项的经费，可以斟酌添减，惟独教育经费，只有增而无减。中国却不然，第一拖欠是教育经费，相形之下，不知执政者作何感想呵。

就我眼光观察所得的日本教育的最大优点有二：

①内容充实　走到日本各学校，无论他门面是如何不辉煌，而他的内容却没有不充实。就举一个例来说：帝国大学的图书馆里头，共藏书五十万册，工业学校仪器室占二十间屋子那么多，而他们的校舍哪有清华学校的华丽，北京大学的庄严呢！但这两个是东京的大学校，内容充实，也不足奇，他如府立寻常小学校理科试验室里的器具和暗室，种种的设备，比较中国最高学府唯一的女高师数理部的东西还多得多，完全得多呢。说到这里，固然太灭自家威风，长他人志气，无如他真好呵！

②办事认真　日本政府和一般人民看教育界的人都很重，办教育人也都为教育而办教育，和中国之因饭碗而混迹教育界的根本不同，所以任职的人，是终身竭诚于教育，不存五日京兆之想。大阪女师范开办二十二年，校长在职亦二十二年；京都府立第一中学创办已五十年，校长亦久于职，其他各校校长在职年限，总在十年五

年，从没有像中国一年一换，一方面是任职者没有竭忠为教育的决心，结果自然演出今日的中国教育特色来了。

（2）日本女子教育　日本女子教育，和男子教育之比例，相差太远，名义上固不乏女子高等求学机关，而察其内容，所谓女子大学，所谓女子高等学校，除家事科外，差不多没有更注重的学科了。这种现象，在他们办教育者，固然不能说没有片面的理由，不过他们所根据的女性专宜操持琐事的一点，到了现在的时代，是站不住了。凭心说来，现在没有打破家族主义的时期中，家庭方面，当然须人主持，而女性比较细密，这种责任，比较应多担负些，然而却不能根据这一点，而划定女性发展的范围，贤妻良母，女子未尝不可作，而女子除了作贤妻良母，没有别的责任，这话就未免不进步了。现在日本女子教育，最大的缺点，就是专让她作贤妻良母，而不叫她做人，在日本今日国家无事高唱升平的时候，女子的责任固然没有中国今日女子所负的责任大，然而间接于人类的幸福，多少也有些阻碍。因为人类的幸福，是根据于大家平等大家自由，而日本女子贤妻良母教育的结果，使女子退居于被动服从的地位，抹煞她们天赋的自由天赋的人格，在同一世界里同一人类中而分出高低不平的界限，人类还有幸福吗？我所以到京都市立高等女学校参观，看见她们“贞淑”两字的校训，不禁喟然长叹了。

然而日本女学生勤劳耐苦，肯做事，有精神，也未尝不是她们的优点，我们中国女学生可引为模范的。

还有一点，日本女子体育的发达之讲究，真有可以令人奇异的。从前我国人常骂日本为倭奴为小鬼，谁知这次我们到日本看过之后，这种徽号再不敢乱叫，现在的日本女学生，个个雄壮，男子也比从前高大，我们站在他们中间，反不免要惭其弱小了。

日本女学生，不但能做柔软的运动，就是剧烈的运动，她们也能做，她们也能和男子一齐做百码以上的比赛。她们的体操教员，多用男子，有一次我们到迹见女学校参观，她们体操练习跳高，她们大约都能跳过五尺的高度，我在旁边看了，不禁暗想像这么高的凳子，我便爬都爬不过去，慢说是跳。一方面回想我国近来女学校，对于体育简直是不注意，不用功的学生，东跑西跑还不觉得什么；那些用功的，进学校不到一年，什么胃病、肺病都生出来了，究其原因，多半是少运动。我平常也曾想到这里，不过想完也就完了，而这次到日本看了她们那种强壮活泼，回顾自己本国，这个刺激真真永远忘不了。我很希望办女子教育的，和女子本身，要早点觉悟，要明白健全的精神，是寄在健全的身体上呵！

（3）日本社会教育　日本的小公园非常多，电影院、图书馆、公共体育场到处都是，所以学生们于星期课余之暇，都到公园、电影院、公共体育场游散，到图书馆看书，这种潜移默化的功效，比学校教育还要收效大。日本小小三岛，而能经营如此周到，我国反赶不上他十分之一，偌大一个北京，统共只有一个中央公园，并且里头茶肆酒寮，弄得俗不可耐，哪有一点自然的美趣，况且还要收入门券，更是叫那贫苦的人没有消散的地方。那一般有钱的，又被那些万恶的游艺场缠住了足，学生们在学校里所受的教育，还不够社会的罪恶破坏呢。有心教育事业的人，不可不注意社会教育了。

（三）风俗　我在日本日子有限，对于风俗人情的观察，只是浮光掠影，不过我觉得知道一点便写一点罢了。

日本人受儒教的影响很深，东京有孔子大成殿的建设，所以他们风尚也多儒教色彩，所谓君君臣臣父父子子五伦的道理他们十分崇拜。

日本系小家族制度，以夫妇为单位，未成年的子女与父母同居，已成年的子女除去嫡长子系家族相续人有承袭财产权的当然同居外，其余子女都别居，女出嫁，子就给人家作养子，或是做婿养子，不然也分给他一部分财产令他自谋生活，所以人人都不能不想独立了。

日本男女关系极不平等，日本是帝国主义，臣对君的关系极不平等，界限极严，而女子对男子也正如臣子对国君一样，便是作了母亲，也要听儿子的话。我曾听见一个留学生告诉我说，有一次有一个人送礼物给他的一个同学，这同学恰好不在家，就交给他母亲，他的母亲原封放好不敢稍动，因为儿子是男人，应该听他命令，和中国所谓三从——从父、从夫、从子——的旧道德一样。所以日本的女子所处的地位，实在可怜，没有人格，没有自由，简直是个奴隶！

公开的男女交际，是为一般人所不许，而背地里的秘密交涉，是到处都有。她们对于贞操的观念，简直没有，并且日本近来生活昂贵，女子又喜虚荣，所以一般女子在高等学校里读书，一方面多与男子发生关系，借着这个弄点报酬补助她们的费用，等到她们正式与人结婚的时候，那时她们就作贤妻良母了。

日本喜沐浴，到处都有汤池，不过日本女子在人前露体不觉羞耻，所以每一个汤池里十余人一共洗浴，亦习为惯，甚至下等社会之女子，尚与男子混浴。

总之岛国风俗，自有岛国人习惯，我等外国人到了那里，没有一件不觉得稀奇的。

（四）日本的思想界　日本虽是帝国主义，而思想界却不寂寞，五光十色，倒很有可观。在我们将离东京的前两天晚上，曾听三个人的言论，而这三个人实足以代表日本三个思想界的各方面。一个是无政府主义者大杉荣，一个是改良派的山田ワカ女士，一个是为第四阶级努力的文学家秋天雨雀。

大杉荣完全主张破坏了再说，他曾用冷讽热嘲的口气对我们说："前年罗素到中国，曾经论到中国社会主义的发生，要经过两个阶级：（1）是振兴实业，（2）是提倡教育。按次二说对于振兴实业今姑勿论，对于教育吾尚有数说……当罗素倡言提倡教育之一说后，我遇见朝鲜人、中国人都异口同声地赞许，不过我就极力反对教育——今日的教育是什么？教育人们不应当说谎话，而实际上在社会里能说谎话是最有利人生的。历史上差不多没有一天无说谎话的必要，教育又有什么用处！再说教育的根本是什么？不过是抉发人们固有的个性。但现代社会制度无往而非压迫个性及剥夺个人的自由，教育也不过教人服从强权及保护强权的法律罢了。现在教育的使命，应在解放人类固有的个性，及打破现在社会制度，那种手讲指画黑板粉笔的勾当，不过是骗饭吃罢了，那里说得上是教育？”

他这一段话很可以代表他思想的全部，就是先打破现在的制度再说，也就是激烈派的社会主义的代表。

山田ワカ是日本女性思想界最稳健的一派，她与山川菊荣的思想正是相反，她讲的题目是“妇人归着点”。她是巩固家族主义的努力者，她所说的话，虽然不少，不过她的结论，是妇人种种问题，皆由家庭为出发点，与其他学者到社会活动的论调正相反对。大杉荣曾骂她是“笨货”，然而她却是那不彻底的改良派的代表呢。

秋田雨雀是文学家，他的态度和他论调的意点，固然不同了，他根据托尔斯泰世界语言统一的四种假想，主张世界语为世界和平的唯一解决方法。

他所主张的文学，是为第四阶级努力的文学。他说：“现在日本和中国的情形大约相同，都是有产阶级和无产阶级发生了冲突的时候；文学的趋势也正在冲突式中，一部分人主张第四阶级的文学，一部分的人就来反对。他们的争论很剧烈。但我以为到了今日，文学家的使命，除了助成第四阶级的发达以外，没有更大的工作了。若果第四阶级告了成功，被压的民众抬起头来，文学家便没有负担了。”他的主张可以为努力第四阶级思想界的代表。

这三个代表，差不多可以包罗日本思想界的特色了。

（五）日本最近国民外交的政策　当我未到日本之前，我预料中日连年失和，日人对于我国人一定很轻慢。那么我们到日本去，岂不是要受许多苦痛吗？但是我们自从神户上岸起，一直到了大连上船回国，没有一天不是受他们十分的优待。什么侯爵请我们吃茶点，什么子爵请我们参观他的花园，什么商店送我们味之素、化妆品，什么团体请我们赴宴会，又送我们汽车坐，简直是上宾的待遇。甚至住旅馆也要减价，可谓受尽优礼了！且每一次和他们谈话的时候，没有一个人不提到“中日亲善”。有的说中日同文同种，应当亲善；有的谈中日有唇齿的关系，应当亲善；有的甚至把中日亲善来同日英同盟相提并论。我们在这种环境里不能不自己觉悟，也不能不钦佩他们，——他们的国民和政府真是一而二、二而一的国民的外交政策，可以代表政府的外交政策。

他们这种高唱中日亲善，或者是他们看为对付邻邦智识阶级最好的手段了！其实在在都露马脚，他们优待只管优待，亲善不亲善，还得我们斟酌斟酌呢！

我们在东京女子高师参观的时候，她们的校长曾对我们说：“现在人们常提到中日亲善，其实要亲善须互助敬爱出乎中心，至于口头上只亲善又何足取。”这话真足为那一辈高唱中日亲善的人做个“晨钟暮鼓”。否则，专想利己的中日亲善，恐怕中日永远没有亲善的一天呢！若专靠着这个为外交手段，不久也是要失败的！假面目永远是要露出来的呢！

关于日本内地所得的印象，大约尽于此。现在再把我回来时沿途所见的略说一二：

釜山　釜山是日韩交界的地方，我们下车以后，也看见许多韩人，然而地方上种种制度，都与日本内地相同。韩人本有的文化，早已不知去所，正所谓“王侯第宅皆新主，文武衣冠异昔时”了！

我们在釜山没有多少时候耽搁，从船上下来以后就在火车站等火车，这时我们曾到车站附近的地方去置东西。朝鲜人一种奇异的装束，最易使人注目——男子头戴斗笠般的黑纱帽，足着船式的草鞋或布鞋；上等人也有着皮鞋的，然其式仍是两头向上如船。袜乃棉絮铺成，纵夏天暑气蒸热，也是穿棉袜。身上穿的是白麻布的长袍，衣服无钮，唯大襟靠右方用带子一根联结起来，女子就着短小上衣，长只到胸部，下面用各彩色的麻布作裙。麻布本硬性，穿在身上不易贴服，若再被风一吹，就要蓬蓬然如支营帐，真不美观。劳动妇人头上顶一布制的圈，重物置于其上，负以远行。

街上多日本商店，和日本式房屋，来往的行人，多半是日本人，但清洁就远不如日本内地了。有如走到朝鲜人住的地方，一种葱韭臭味，令人作呕。他们一种污秽懒散不振的态度，看了真由不得人要心酸叹息致亡之有因了！

京城　我们在京城住了两天，曾到新建筑的李王府和朝鲜故宫改成的博物馆去看，后又到福景宫、北岳山各地方去，这几个地方都使人无限的回忆！中日之役，袁世凯曾与日兵战于北岳山，叶志超被围于牙山。往事已成劫灰，而登临凭吊之余，仍不免慨然长叹呢！

此地街道清洁，电车轨道如网，交通极便利，房屋多高楼大厦，吾人到了这个地方，好像仍在日本内地，想不到这就是朝鲜的京城呵！

平壤　平壤本箕子所开的都会，他的坟墓也在那里，在二千年前——周时平壤即所谓东海乐浪国，在大同江对面。我们在平壤只住了一天，早晨登箕子墓，东望则大同江如衣带，受日光映射而发银光。后来又到乙密合，乃中日之役马玉昆等败北的地方；我们凭高台而四顾，不禁生“江山如旧人物已非”的感想。在乙密台的壁上题着许多感慨悲愤的诗句，可惜当时仓卒未曾录下来。

下午我们又买棹泛大同江，江水碧绿，青山挹翠，滨江千尺石壁，即所谓清流壁，朝鲜亡国臣僚都在上面题字而殉。有四个朝鲜女学生，也和我们同游，我们曾问她们去年独立运动怎么样？她们只悄然长叹，泪光莹莹，不能更说一句话，我们看了真不忍再往下问了！唉！被征服的民族，满心除了悲哀还有什么呢！

奉天　奉天是中国领土，而南满铁路沿线二十里的地方都归日本所有了！又有日本租界，我们从南满铁路下车的时候，看见来往的中国人固不少，而日本人亦居半数，所以奉天实在已入了日人的势力范围了！

我们在奉天住了三天，曾到各学校去参观，那种腐败的情形，可怜亦可笑！那边女师范的教员，和我们谈话，他说：奉天的女子教育最为黑暗，女师范所用的修身教科书，是由她们第一任校长所编的，内容除了讲三从四德外没有别的东西了。学生多喜虚荣，奉天军阀最有势力，所以学校的女学生有一部分专喜欢作军官队长的如夫人。这种风气一开，女学校的学生人品，与种种黑暗，唉！那就一言难尽了！不过办事人、校长、监学，却非常专制，学生不能随意出学校的中门一步，也不能独自去请教男教员的功课。最初的时候，且不用男教员；后来进步些，专用胡须都白了的老头儿。现在又进化一点，用了一个年轻的男教员。然而逢到理化试验的时候，讲堂上派两个老妈子左右分立监察学生们的动作，——这种可笑的事情，可以说绝无仅有了！

近来有一般女学生，也很觉悟，想要改良，然而校长压得紧紧地，她们是不能活动。所以我们到了她们学校参观，她们就趁机会要求想开欢迎会，藉欢迎会的席上，稍吐她们心头郁积。她们的奋斗精神，很属可佩。但是黑幕太厚，要见阳光非有一番更大的牺牲不可呢。

大连　大连真是一个好地方！不独山清水秀，气候亦非常凉爽，出名的风景有所谓星浦，有所谓老虎滩，都在沿海一带，松柏苍翠，波光灿烂，海上小岛，历落如星，所以叫作星浦。

我们在大连，因为候船，所以竟住了五天。这五天之内，上自学校，下至茶寮、妓馆、大烟馆，都被我们看遍了，所以受的感触也特别深，现在把我们所看见的大略说说：

大连有许多日本人，为他们自己人设立的学校里头，虽也许有两三个中国人，然而这两三个中国人不是有钱的商家之子，或者就是已入日本籍的中国人了。这种学校的设施，和日本内地一样。此外有一种叫作大连公学校的，是专为大连本地人设立的。我们曾去参观，刚进校门就嗅到一种恶臭熏人的气味。再一看那些孩子身上，衣服褴褛，面容憔悴，和那些日本学校的学生竟有天壤之别了。后来我们又去参观他们的教授，教员都是日本人，所教的科目日语最重要，——他们课程表上写日语为国语，中国的国语就叫作汉语，这种情形不知读者诸君，作何感想？我们当时的愤慨，只觉心酸血沸罢了！

我们目睹的情形如此，后来又听见《泰东日报》的记者——这报是中国人办的——的报告，他说日本人对于大连子弟的教育，用的方法是纯粹奴隶制。他们只让会说日本话，将来好“助纣为虐”来鱼肉大连的同胞，所以公学校的卒业生所有的职业，不是充当横蛮的警察，就是衙役和暗探。按警察本是保护治安，而大连的警察却是专搅乱治安，欺负小百姓的！

大连暗娼最多，都是这些警察和地棍勾通了日本的警察长，狼狈为奸地办起来，这些暗娼都是大连人或外地拐来的中国人。暗娼的会集地，是在大连西岗子一带，一共三千余家；每逢劳动者和没有什么学识的商人经过那里，都被她们强拉进去，丧身败家的更不知多少人呢！

暗娼之外还有大烟馆，里头都是带辫子的中国人，和死尸般睡在那里狂吸怒抽。我们曾经去看过，一种暗淡的神情，真叫人要痛哭！

就大连种种情形看起来，就可以知道日人对于大连人所用自趋灭亡的方法了！大连不过是租界地，已经有“故国不堪回首”之叹，那已被灭亡的朝鲜、台湾更可想而知了！

旅顺　旅顺也是日本的租界地，从前本属于俄国，经日俄一战，俄国失败就归日本了。然而种种文物都是俄国人所遗，最触目的大红俄国地毯在现在的关东厅的地板上铺着，使人生无限的感想！

在旅顺只停了半天，仍回到大连。由大连一直乘二十六共同丸回天津。倦游之余，不免归心如箭，所有触目惊心的材料，也渐渐减少了！到了北京更糊涂得看不见，怎怪“夜郎自大”呢？可恨我自己喜寻苦恼，使这深刻的印影时时作刺心之痛，所谓“自作孽不可绾”，我惟有自怨自艾吧！

拉杂写来，读者亦厌我多事否？苍天总没有话，人仿佛都病着哟！我向哪里唤起中国的魂呀！

（原载1923年3月《学艺杂志》第4卷第10号）

最后的命运

突如其来的怅惘，不知何时潜踪，来到她的心房。她默默无语，她凄凄似悲。那时正是微雨晴后，斜阳正艳，葡萄叶上滚着圆珠，荼蘼花儿含着余泪，凉飙呜咽正苦，好似和她表深刻的同情！

碧草舒齐的铺着，松荫沉沉的覆着；她含羞凝眸，望着他低声说：“这就是最后的命运吗？”他看看她微笑道：“这命运不好吗？”她沉默不答。

松涛慷慨激烈的唱着，似祝她和他婚事的成功。

这深刻的印象，永远留在她和他的脑里，有时变成温柔的安琪儿，安慰她干燥的生命；有时变成幽闷的微菌，满布在她的全身血管里，使她怅惘！使她烦闷！

她想：“人们驾着一叶扁舟，来到世上，东边漂泊，西边流荡，没有着落固然是苦，但有了结束，也何尝不感到平庸的无聊呢？”

爱情如幻灯，远望时光华灿烂，使人沉醉，使人迷恋。一旦着迹，便觉味同嚼蜡，但是她不解，当他求婚时，为什么不由的就答应了他呢？她深憾自己的情弱，易动！回想到独立苍冥的晨光里，东望滚滚江流，觉得此心赤裸裸毫无牵扯。呵！这是如何的壮美呵！

现在呢！柔韧的密网缠着，如饮醇醪，沉醉着，迷惘着！上帝呵！这便是人们最后的命运吗？

她凄楚着，沉思着，不觉得把雨后的美景轻轻放过，黄昏的灰色幕，罩住世界的万有，一切都消沉在寂寞里，她不久就被睡魔引入胜境了！

（原载 1923 年 6 月 1 日

《晨报副刊·文学旬刊》第 1 号）

海滨消息

——寄波微

波微！入春以来，连朝阴霾，无聊的我，正“欹枕听新雨，往事朦胧”间，忽接到你寄来的《妇女周刊》，读罢“心海”一栏，知千里外的故人，犹不时深念消沉海滨的露沙，噫！感谢你深情厚意！把我从寒冰千尺，冷潮百丈中，超拔起来，使那已经灰冷的灵焰，终至于复燃了！

忆念中不可或忘的美丽秋晨，劲松冷柏的园中，正闪烁着澹澹的秋阳，清利的微风，悄悄掀动额前覆发，吹起薄袍襟角，而勇气正旺的你我，迎风高歌，意趣洒落，不知不觉间，来到黄花圃旁，那傲骨嶙峋的秋菊，正向你我含笑点头，你默然无语的凝视天容，涉想玄越中忽低吟道：“孤标傲世偕谁隐？一样花开为底迟？”当时我曾笑答道：“它原是古井无波，你又何必平地翻浪？无意识的黄花，将从此魔高千丈了！”——这几句话虽是当时戏言，而如今深味，何尝不足感慨系之呢？……

自从别后，你羁旅燕北，饱尝冷漠。我呢？消沉江南，心花亦几何不日趋枯萎，提什么游戏人间，不过欺人自欺罢了！

试悄听心弦的微音，那哀楚的音徵，何曾顷刻停止，天地原来不仁，万物都为刍狗。当我们紧闭心房，讴歌理想生活时，虽不是有意的自骗，也逃不了勉强自遣的苦楚！不用说为人类为国家，所起的一种“蒿目时艰”“哀怜众生”的伟大同情，足以捏碎人们脆弱的心灵？便是我们一身直接所受事物的束缚，所有灵魂上的疮痍，已足使我们狱门紧闭，翻身无日了；何曾丝毫超脱？何尝四大皆空，怎配说“万缘都寂”呢！

弱小的露沙，原是理想国中的失望者，当日的“女儿英雄”“名士风流”而今徒留些残痕败影，滋你凭吊嘘唏，增我不少痛苦的回忆罢了。谢你多情提及，但又不无怨你多事提起！我自南来后时时留恋昔日的生活，且因留恋而下泪！最近几至麻痹的境地。忽然经你旧话重提，满罩云雾的心海，忽然透澈青天的光明，不由得浪翻波涌了。唉！安乐绝不足使我忘却前尘，澈悟亦何能抛却前途。如今的我，只如旅行者踯躅于荒漠之地，只有失望凄惶罢了。唉！亲爱的朋友，我将对你说什么？你希望越深，我越对你无言呵！

你要我为一般的可怜女子负些责任，我自然不能反对；但仔细想来我又知道些什么？我又何尝比她们先觉？况且她们正高高兴兴的过日子，何忍把那一层薄幕给她们掀破？使她们发觉自己的不幸呵！人们只知道瞎子们可怜——因为他们看不见一切，其实不瞎者的可怜，正如哑子吃黄连有苦不能言呢！这形形色色的龃龉肮脏，何啻万千的芒刺，时时刺痛脆弱的心田？唉！波微！除却自己迷信自己，强造些美丽的幻境，聊自慰遣，这世界实在不足一日留恋！

你叫我猜你将来欲行的两条路，我固然因猜不到而不猜，其实我也不用猜，因为未来的前途，无论谁都难预料，便是你自己恐怕也正迷惘难决，——并不只你如此，芸芸众生孰能逃此大劫？纵使勉强坚持到底，而内心的伤痕免得了爆裂吗？波微！日月如逝水般悄悄逃去，美丽的幻影梦境，也逐渐的淡漠，终至于前途空洞，除了颓丧的暮气逼迫出来，实在更找不出什么来！

波微！按理我正青年不应说这些丧气的话，无如我的心弦，弦弦只作此音，叫我强为欢笑，其实是势所难能罢了！你只当噩梦一场，这不值得深忆的呓语，万勿镌在你活泼泼的心头吧！祝你

逸兴胜昔！

露沙寄自海滨

（原载1925年3月《京报副刊·妇女周刊》）

郭君梦良行状

君讳弼藩，字梦良，福建闽侯县郭宅乡人。北京大学法科毕业，任国立政治大学总务长。君为人明敏沉默，幼从陈竹安先生启蒙，勤慎敦笃，极为陈先生所称许。

少长入福州第一中学肄业，每试辄冠其曹，而翁姑望其大成之心至切，恐学校之作业不足，于课余之暇，复为请师补授经史。君亦能善体亲心，日夜苦攻，朝夕侍师于古庙荒斋中，未尝言倦。至新年元日及家祭大典时，始一宁家，而君时年仅十五六耳。

君年十九，卒业于第一中学，即拟负笈京师。时先王姑年已七十晋九，抱孙之念颇殷，必欲使之完婚而行。君不敢违，因于次年六月间与林瑞英（贞）女士结婚。婚后甫一月，即束装北上，考入北京大学，时在民国六年。

君入学后，初以言语不通，颇苦艺之难进，然不期月，已能了解。且君于良师讲授之外，复日埋头图书馆，手披目览，未尝顷刻息，因大有所得，曾著《〈周易〉政窥》等论文，刊于《政法学报》，阅者称积学焉。

民国八年下季，因日人在福州枪杀学生案发生，旅京福建学生闻信愤极，组织福建学生联合会，以为雪耻计。每校例举代表二人，君为北京（大学）代表之一。时庐隐肄业于前国立女子师范大学，亦被推为代表，因得识君。且君时为《闽潮》编辑主任，庐隐则为编辑员，以此接谈之机会益多。书札往还，不觉竟成良友。不数月，福建学生联合会以内部风潮解散。吾辈少数同志组织SR会，盖寓改造社会之意也。第一次开成立会于万牲之豳风堂，同志自述以往之生活及将来之志趣。于是庐隐乃得深悉君之家事，融洽益深矣。盖君不但学业精深，且品格清华，益使庐隐心折也。

民国十年暑假，君由京回闽，庐隐则宁家上海，因约同道而行。至沪后，郑君振铎及徐君六几，倡游西湖，遂通往焉。一夕，正星月皎洁，湖水澄澈，六几与振铎凭栏望月，庐隐与君同坐回廊上闲谈，时君忽询庐隐以毕业后之行踪，并曰："吾二人之友谊，当抵于何时？"庐隐闻言，不禁怅触殊深，盖庐隐与君时已由友谊进而为恋爱矣，然君正直，不愿欺庐隐，亦不忍苦林女士，明告庐隐已娶，虽爱庐隐，而恐无以处庐隐，然又恐毕业后，劳燕分飞，不能赓续友谊，颇用怅怅。庐隐感而怜之，因许以精神之恋爱，为彼此之慰安。君喜而赞同，遂于是夕订约，永不相忘。暑假后，仍约同时北上。到京各入学校，每星期辄同游万牲园及西山等处。时君喜研究基尔特社会主义之学说，与徐君六几日夜研讨（著作颇多，散见于《京报·青年之友》《晨报副刊》《时事新报》之"社会主义研究"）。并以其意见要庐隐批评。于是函札每日不断。

民国十一年，庐隐毕业于国立女子师范大学。暑假后任教安徽。君以回闽路过上海，庐隐与之话别，君不禁泣泪泛澜曰："精神之恋爱，究竟难慰心灵深处之愿望。若长此为别，宁不将彼此憔悴而死耶？"庐隐无以慰之，亦只相对唏嘘耳。庐隐行后，君竟病矣。呜呼，春蚕自束，庐隐实有以致之，更使之忧愁以死，庐隐究竟胡忍！

十二年春，庐隐生母忽而见背，虽有兄嫂，不患无依，而庐隐精神之上慰藉益鲜矣。君不忍庐隐之悲苦，恒彻夜思维慰安之计，不免失眠，身体衰弱，潜于斯矣。友辈有知其事者，大不以为可，因劝君具体解决。筹思半载，始划一策，盖即以君与庐隐相爱之情形，诉之于翁姑，并恳其许吾辈结婚，卒蒙其赞同。然不可不商之林女士及外家也。此中大费周折，故君之不能成眠者月余。最后虽庆成功，以同室名义与庐隐结婚于上海远东饭店，但已心力交疲矣。且当此时，正张君劢先生与瞿君世英、胡君铁岩，约君创办自治学院。开办伊始，事颇繁巨。且君不善摄养，恒恃脑力之强，夜午始眠。至饮食精粗不择，病根潜伏于不知觉中，而形容日槁。庐隐殊引以为忧，为购鱼肝油及牛肉汁等，君又嫌其味异，屏而不食。庐隐不忍过拂其意，亦惟听之。呜呼，孰知竟因此而陨其生耶？

今春自治学院总务长陈伯庄先生辞职，君因继任。惟恐偾事，事无巨细，必亲自料理，竟至饮食无心，精神益疲。复以学校经费缺乏，筹划应付，苦乃无艺。君曾告庐隐曰："学校之事，实不易办。若长此以往，必将不支。"庐隐亦然其言，惟责任所在，亦无可如何耳。

今年暑假，君回闽省亲，家人见其瘦骨支离，皆大恐慌，曾劝其珍摄。君亦自认非调养不可，并告庐隐为之将养。及至沪，见校务猬集，复不克稍修养。至阴历八月二十七日，忽感风寒，时正疟疾流行，以为亦必是疾为厉，延医诊治，亦云恐系疟疾，遂不以为意，惟服金鸡纳霜数粒，仍照常赴校办事。庐隐虽再三劝其请假一二日以资修养，君则曰："事多未理，不能请假。"并云微有寒热，不足介意。庐隐无以强之，而心窃忧焉。乃一星期后，热度益高，庐隐五中如焚，不知为计。会金井羊先生颇知医生理，见君精神疲茶，舌苔极厚，因惊曰："此病势非轻，非请医调治不可。"庐隐因恳其代请中医诊治。医云：系伏暑晚发伤寒之症颇重，连服三帖，疾不见减。复改请西医诊治，亦云疾颇棘手。因劝迁医院为是。因于九月初十日迁入上海宝隆医院。经德医诊断，系肠热病，势极危殆。然庐隐尚不料其与性命有关也。且进院后四五日，热度已渐退，以为无碍矣。乃九月十六日晨，忽大便出血不止，经德医打针止血后，症渐有生机，以为大难已过矣。孰料不可测之人事，竟变生仓卒。十月初六晨，庐隐轻按其脉，颇和缓，热度亦渐低，心为窃慰，以为更三四星期，当可出院矣。乃是午后一时，病忽大变，寒战不已，便溺竟污裀褥，肚腹鼓涨，急请德医视之，则曰肠断矣。呜呼！一声霹雳，庐隐心胆皆碎，知君之病不起矣。自顾身后，弱女未曾周岁，寡妇孤儿，将何以度此未了岁月。时庐隐忍痛询君，有无遗言。君方知其疾之危，因曰："生死本不足计，唯父母养育之恩，未报涓滴，殊对不住耳。"次则嘱善视幼女，待其嫁，好事翁姑，以尽其未尽人子之职。整理其所译《世界复古》一书，以之付梓，汇其平日散见各报之论文，刊之成册。庐隐并询其惧死不。君则曰："否。"又问其须待父母来否，则曰："不必待，惟烦尔代吾赎不孝之罪耳。"呜呼，苍苍者天，曷其有亟！君之聪敏忠正，乃未到颜子之年，已短命而死，所谓天道者，可信耶！读君前致庐隐书有曰："你说你自料不是长命之预兆，庐隐如果以天良犹未丧尽的人视我，当知道我听了是如何的难受！若果庐隐必死，我愿与庐隐一齐死去。有后悔者，不是脚色！"呜呼，孰知庐隐未死，而君已弃庐隐而去耶？当君弥留之际，庐隐曾告君愿与君同死，君则曰："奈孺子何？"呜呼，庐隐之心碎矣！然而为君故，不能不强延残喘，任不仁之造物宰割耳。君灵未远，当知庐隐五中之辛酸滋味也。虽然，庐隐亦死生命也，强之不祥。况君曾有宣传基尔特社会主义之志，及改良中国政治之雄心。今也不禄，能无遗憾乎？庐隐知君之心，岂忍不为一努力乎？纵不能为君抉其内心所蕴藏者，然不可不为君整理其已成文者，此庐隐亦不敢与君俱死者也。矧翁姑暮年，既遭君夭折之痛，庐隐何敢更贻其悲媳之惨。呜呼，当君症变之前一日，君尚询以何日可出院，并云：年假拟不回闽，盖恐荒弛校务。并呼庐隐将账本至。庐隐劝君不可劳神。君尚曰："今日已略好。"则君诚料此疾之不起也。而霎那之间，竟至肠断而死。呜呼，生死只一线之隔耳！庐隐今日虽不死，然而无时无刻不可死，则庐隐与君之别，乃暂别耳！况君曾许再结来世之缘，庐隐宁不能以此自遣，且以自慰耶！虽然，君与庐隐，皆愚迷不悟。今日茹此辛酸之果，尚不知悔，欲造来世之因。呜呼，实自为之，夫复何言！

君脑力之强，实所仅有。当君热度至摄氏四十一度时，尚能阅报，临命之数小时，犹能为幼女题名曰"薇萱"，其用意之深，及神志之清楚，庐隐实不信其将死，终至不起，其隐耶！然三尺桐棺，固赫然在也。庐隐固亲见君仰卧其中也，然则，非梦矣！天乎痛哉！

郭黄庐隐泣述

（原载1925年12月7日《时事新报》副刊《学灯》）

寄天涯一孤鸿

亲爱的朋友，这是什么消息，正是你从云山叠翠的天末带来的！我绝不能顷刻忘记，也绝不能刹那不为此消息思维。我想到你所说的“从今后我真成了天涯一孤鸿了”，这一句话日夜在我心魂中回旋荡漾。我不时地想，倘若一只孤鸿，停驻在天水交接的云中，四顾苍茫，无枝可栖，其凄凉当如何？你现在即是变成天涯一孤鸿，我怎堪为你虚拟其凄凉之境，我也不愿你真个是那样的冷漠凄凉。但你带来的一纸消息，又明明是：“……一切的世界都变了，我处身其中，正是活骸转动于冷酷的幽谷里，但是我总想着一年之中，你要听到我归真的信息……”唉，朋友！久已心灰意懒的海滨故人，不免为此而怦怦心动，正是积思成痗了。我昨夜因赴友人之召，回来已经十时后，我归途中穿过一带茂密的树林，从林隙中闪烁着淡而无力的上弦月，我不免又想起你了。回来后，我懒懒坐在灯光下，桌上放着一部宋人词钞，我随手翻了几页，本想于此中找些安慰，或能把想你的念头忘却；但是不幸，我一翻便翻出你给我的一封信来，我想搁起它，然而不能，我始终又从头把它读了。这信是你前一个月寄给我的，大约你已忘了这其中的话。我本不想重复提这些颓丧的话，以惹你的伤心，但是其中有一个使命，是你叫我为你作一篇记述的，原文是："……我友，汝尚念及可怜陷入此种心情的朋友吗？你有兴，我愿你用诚恳的笔墨为伤心人一吐积悃……"朋友！这个使命如何的重大？你所希望我的其实也是我所愿意作的。但是朋友，你将叫我怎样写法？唉！我终是踯躅，我曾三番五次，握管沉思，竟至镇日无语，而只字不曾落纸。我与你交虽莫逆，但是你的心究竟不是我的心，你的悲伤我虽然知道，但是我所知道的，我不敢臆断你伤感的程度，是否正应我所直觉到的一样。我每次作稿，描写某人的悲哀或烦恼，我只是欺人自欺，说某人怎样的痛哭，无论说得怎样像，但是被我描写的某人，是否和我所想象的伤心程度一样，谁又敢断定呢？然而那些人只是我借他们来为我象征之用，是否写得恰合其当，都无伤于事；而你是我最好的朋友，我对于你的嘱托，怎好不忠于其事。因此我再三踌躇，不能轻易落笔，便到如今我也不敢为你作记述。我只能把我所料想你的心情，和你平日的举动，使我直觉到你的特性，随便写些寄给你。你看了之后，你若因之而浮白称快，我的大功便成了五分。你若读了之后，竟为之流泪，而至于痛哭，我的大功便成了九分九。这种办法，谅你也必赞成？

我记得我认识你的时候，正是我将要离开学校的头一年春天。你与我同学虽不止一年，可是我对于新来的同学，本来多半只知其名，不识其面，有的识其面又不知其名，我对于你也是如此。我虽然知道新同学中有一个你，而我并不知道，我所看见很活泼的你，便是常在报纸上作缠绵悱恻的诗的你。直到那一年春天，我和同级的莹如在中央公园里，柏树荫下闲谈，恰巧你和你的朋友从荷池旁来，我们只以彼此面熟的缘故，点头招呼。我们也不曾留你坐下谈谈，你也不曾和我说什么，不过那时我觉得你很好，便想认识你，我便问莹如你叫什么名字。她告诉我之后，才狂喜地叫起来道："原来就是她呵，不像！不像！"莹如对于我无头无脑的话，很觉得诧异，她说："什么不像不像呵？"我被她一问，自己也不觉笑起来，我说："你不知道我的心里的想头，怪不得你不懂我的意思了。你常看见报上 PM 的诗吗？你就那个诗的本身研究，你应当觉到那诗的作者心情的沉郁了，但是对她的外表看起来，不是很活泼的吗？我所以说不像就是这个原故了。"莹如听了我的解释，也禁不住点头道："果然有点不像，我想她至少也是怪人了！"朋友！自从那日起，我算认识你了，并且心中常有你的影像，每当无事的时候，便想把你的人格分析分析，终以我们不同级，聚会的时间很少，隔靴搔痒式的分析，总觉无结果，我的心情也渐渐懒了。

过了二年，我在某中学教书。那中学是个男校，教职员全是男人。我第一天到学校里，觉得很不自然，坐在预备室里很觉得无聊，正在神思飞越的时候，忽听预备室的门呀的一响，我抬头一看，正是你拿着一把藕荷色的绸伞进来了。我这时异常兴奋，连忙握着你的手道："你也来了，好极！好极！你是不是担任女生的体操？"你也顾不得回答我的话，只管嘻嘻地笑——这情景谅你尚能仿佛？亲爱的朋友！我这时心里的欢乐，真是难以形容，不但此后有了合作的伴侣，免得孤孤单单一个人坐在女教员预备室里，而且与你朝夕相处，得以分析你的特性，酬了我的心愿。

想你还记得那女教员预备室的样子，那屋子是正方形的，四壁新裱的白粉连纸，映着阳光，都十分明亮。不过屋里的陈设，异常简陋，除了一张白木的桌子，和两三张白木椅子外，还有一个书架，以外便什么都没有了。当时我们看了这干燥的预备室，都感到一种怅惘情绪。过了几天，我们便替这个预备室起了一个名字，叫作白屋。每逢下课后，我们便在白屋里雄谈阔论起来。不过无论怎样，彼此总是常常感到苦闷，所以后来我们竟弄得默然无言。我喜欢诗词，你也爱读诗词，便每人各手一卷，在课后浏览以消此无谓的时间。我那时因为这预备室里很干燥，一下了课便想回到家里去，但是当我享到家庭融洽乐趣的时候，免不得想到栖身学校寄宿舍中，举目无与言笑的你，因决意去访你，看你如何消遣。我因雇车到了你所住的地方，只见两扇欲倒未倒的剥漆黑灰不分明的大柴门，墙头的瓦七零八落的叠着，门楼上满长着狗尾巴草，迎风摇摆，似乎代表主人招待我。下车后，我微用力将柴门推了一下，便呀的开了。一个老看门人恰巧从里面出来，我便问他你住的屋子，他说："这外头院全是男教员的住舍，往东去另有一小门，又是一个院子，便是女教员住的地方了。"我因按他话往东去，进了小门，便看见一个院落，院之中间有一座破亭子，亭子的四围放着些破木头的假枪戟，上头还有红色的缨子。过了破亭有一株合抱的大槐树，在枝叶交覆的荫影下，有三间小小的瓦房，靠左边一间，窗上挂着淡绿色的纱幔，益衬得四境沉寂。我走到窗下，低声叫你时，心潮突起，我想着这种冷静的所在，何异校中白屋。以你青年活泼的少女，镇日住在这种的环境里，何异老僧踞石崖而参禅，长此以往，宁不销铄了生趣。我一走进屋子里，看见你突然问道："你原来住在破庙里!"你微笑着答道："不错！我是住在破庙里，你觉得怎样?"我被你这一问，竟不知所答，只是怔怔地四面观望。只见在小小的门斗上有一张妃红色纸，写着"梅窠"两字。这时候我仿佛有所发见，我知道素日对你所想象的，至少错了一半，从此我对你的性格分析，更觉兴味浓厚了。

光阴过得很快，不觉开学两个多月了，天气已经秋凉。在那晓露未干的公园草地上，我们静静地卧着。你对我说："我愿就这样过一世，我的灵魂便可常常与浩然之气，结伴遨游。"我听了你的话，勾起我好作玄思的心，便觉得身飘飘凌云而直上，顷刻间来到四无人迹的仙岛里，枕藉芳草以为茵缛，餐美果，饮花露，绝不染丝毫烟火气。那时你心里所想的什么，我虽无从知道，但看你那优然游然的样子，我感到你已神游天国了。

我和你相处将及一年，几次同游，几次深谈，我总相信你是超然物外的人。我记得冬天里我们彼此坐在白屋里向火的时候，你曾对我说，你总觉得我是个怪人，你说：“我不曾和你同事的时候，我常常对婉如说，你是放荡不羁的天马。但是现在我觉得你志趣销沉，束缚维深……”我当时听了你的话，我曾感到刺心的酸楚，因为我那时正困顿情海里拔脱不能的时候，听你说起我从前悲歌慷慨的心情，现在何以如此萎靡呢？

但是朋友！你所怀疑于我的，也正是我所怀疑于你；不过我觉得你只是被矛盾的心理争战而烦闷，我却不曾疑心你有什么更深的苦楚。直到我将要离开北京的那一天，你曾到车站送我，你对我说：“朋友！从此好好的游戏人间吧！”我知道你又在打趣我，我因对你说：“一样的，大家都是游戏人间，你何必特别嘱咐我呢！”你听了我这话，脸色忽然惨淡起来。哽咽着道：“只怕要应了你在《或人的悲哀》里的一句话：我想游戏人间，反被人间游戏了我！”当时我见你这种情形，我才知道我从前的推想又错了。后来我到上海，你写信给我，常常露着悲苦的调子，但我还不能知道你悲苦到什么地步；直到上月我接到你一封信说，你从此变成天涯一孤鸿了，我才想起有一次正是风雨交作的晚上，我在你所住的“梅窠”坐着，你对我说：“隐！世界上冷酷的人太多了，我很佩服你的卓然自持，现在已得到最后的胜利！我真没有你那种胆量和决心，只有自己摧残自己，前途、结果现在虽然不能定，但是惨象已露，结果恐不免要演悲剧呢。”我那时知道你蕴藏心底必有不可告人的哀苦，本想向你盘诘，恐怕你不愿对我说，故只对你说了几句宽解的话。不久雨止了，余云尽散，东山捧出淡淡月儿，我们站在廊庑下，沉默着彼此无语，只有互应和着低微之吁气声。

最近我接到你一封信，你说：

> 隐友！《或人的悲哀》中的恶消息：“唯逸已于昨晚死了！”隐友！怎么想得到我便是亚侠了，游戏人间的结果只是如斯！……但是亚侠的悲哀是埋葬在湖心了，我的悲哀只有飘浮在天心了，有母亲在，我须忍受腐蚀的痛苦活着……

我自从接到你这封信，我深悔《或人的悲哀》之作。不幸的唯逸和亚侠，其结果之惨淡，竟深刻在你活跃的心海里。即你的拘执和自傲，何尝不是受我此作的无形影响。我虽然知道纵不读我的作品，在你超特的天性里早已蛰伏着拘执的分子，自傲的色彩，不过若无此作，你自傲和拘执或不至如是之深且刻。唉！亲爱的朋友，你所引为同情的唯逸既已死了，我是回天无术，但我却要恳求你不要作亚侠罢。你本来体质很好，并没有心脏病，也不曾吐血，你何必自己过分的糟蹋呢。我接到你纵性喝酒的消息，十分难受。亲爱的朋友！你对于爱你的某君，既是不能在他生时牺牲无谓的毁誉，而满足他如饥如渴的纯挚情怀，又何必在他死后，作无谓的摧残呢？你说：“人事难测，我明年此日或者已经枯腐，亦未可知！……现在我毫无痛苦，一切麻木，仰观明月一轮常自窃笑人类之愚痴可怜。”唉！你的矛盾心理，你自己或不觉得，而我却不能不为你可怜。你果真麻木，又何至于明年此日化为枯槁？我诚知人到伤心时，往往不可理喻，不过我总希望你明白世界本来不是完全的，人生不如意事也自难免，便是你所认为同调的某君不死，并且很顺当的达到完满的目的；但是胜利以后，又何尝没有苦痛？况且恋感譬如漠漠平林上的轻烟微雾，只是不可捉摸的，使恋感下跻于可捉摸的事实，恋感便将与时日而并逝了。亲爱的朋友呀！你虽确是悲剧中之一角，我但愿你以此自傲，不要以此自伤吧！

昨夜星月皎洁，微风拂煦，炎暑匿迹，我同一个朋友徘徊于静安寺路。忽见一所很美丽庄严的外国坟场，那时铁门已阖，我们只在那铁栅隙间向里窥看，只见坟牌莹洁，石墓纯白；墓旁安琪儿有的低头沉默，似为死者之幽灵祝福；有的仰瞩天容，似伴飘忽的魂魄上游天国。我们伫立忘返。忽然墓场内松树之巅，住着一个夜莺，唱起悲凉的曲子。我忽然又想起你来了。

回来之后忽接得文菊的一封信说：

隐友！前接来信，令我探听PM的近状，她现在确是十分凄楚。我每和她谈起FN的死，她必泪沾襟袖呜咽地说："造物戏我太甚！使我杀人，使我陷入于类似自杀之心境！"自然哟！她的悲凉原不是无因。我当年和她在故乡同学的时候，她是很聪明特出的学生。有一个青年十分羡慕她，曾再三想和她缔交，她也晓得那青年也是个很有志趣的人，渐渐便相熟了。后来她离开故乡，到北京去求学，那青年便和她同去。她以离开温情的父母和家庭，来到四无亲故的燕都，当然更觉寂寞凄凉，FN常常伴她出游。在这种环境下，她和他的交感之深，自与时日俱进了。那时我们总以为有情人终成眷属了；然而人事不可测，不久便听说FN病了，病因很复杂，隐约听说是呕血之症。这种的病，多半因抑郁焦劳而起，我很觉得为PM担忧，因到她住的"梅窠"去访她。我一进门便看见她黯然无言的坐在案旁，手里拿着一张甫写成的几行信稿。她见我进来，便放下信稿招呼我。正在她倒茶给我喝的时候，我已将那桌上的信稿看了一遍，她写的是："……飞蛾扑火而焚身，春蚕作茧以自缚，此岂无知之虫蛩独受其危害，要亦造物罗网，不可逃数耳！即灵如人类，亦何能摆脱？……"隐友！

PM的哀苦，已可在这数行信笺中寻绎了解，何况她当时复戚容满面呢。我因问她道：“你曾去看FN吗？他病好些吗？”她听我问完，便长叹道：“他的病怎能那么容易好呢！瞧着罢！我虽不杀伯仁，伯仁终不免因我而死！”我说：“你既知你有左右他的生死权，何忍终置之于死地！”她这时禁不住哭了，她不能回答我所问的话，只从抽屉里拿出一封信给我看，只见上面写道：

“PM！近来我忽觉得我自己的兴趣变了，经过多次的自省，我才晓得我的兴趣所以致变的原因。唉！PM！在这广漠的世界上我只认识了你，也只专诚的膜拜你，愿飘零半世的我，能终覆于你爱翼之下！

“诚然，我也知道，这只是不自然的自己束缚自己。我们为了名分地位的阻碍，常常压伏着自然情况的交感，然而愈要冷淡，结果愈至于热烈。唉！我实不能反抗我这颗心，而事实又不能不反抗，我只有幽囚在这意境的名园里，做个永久的俘虏罢！

F韩”

隐友！世界上不幸的事何其多！不过因为区区的名分和地位，卒断送了一个有用的青年！其实其惨淡尚不止此，PM的毁形灭灵，更使人为之不忍，当时我禁不住陪着哭，但是何益！

她现在体质日渐衰弱，终日哭笑无常，有人劝她看佛经，但何处是涅槃？我听说她叫你替她作一篇记述，也好！你有功夫不妨替她写写，使她读了痛痛快快哭一场，久积的郁闷，或可借之一泻！

文菊

亲爱的朋友！当我读完文菊这封信，正是午夜人静的时候，淡月皎光已深深隐于云被之后，悲风呜咽，以助我的叹息。唉，朋友呵！我常自笑人类痴愚，喜作茧自缚，而我之愚更甚于一切人类。每当风清月白之夜，不知欣赏美景，只知握着一管败笔，为世之伤心人写照，竟使洒然之心，满蓄悲楚！故我无作则已，有所作必皆凄苦哀凉之音，岂偌大世界，竟无分寸安乐土，资人欢笑！唉！朋友哟！我不敢责备你毁情绝义以自苦，你为了因你而死的FN，终日以眼泪洗面，我也绝不敢说你想不开。因为被宰割的心绝不是别人所能想到其痛楚，那么更有何人能断定你的哭是不应该的呢。哭罢，吾友！有眼泪的时候痛快的流，莫等欲哭无泪，更要痛苦万倍了。

你叫我替你作记述，无非要将一腔积闷宣泄。文菊叫我作记述，也不过要借我的酒杯为你浇块垒。这都有益于你的，我又焉敢辞。不过我终不敢大胆为你作传，我怕我的预料不对，我若写得不合你的意，必更增你的惆怅，更觉得你是天涯一孤鸿了。但是我若写得合你的意，我又怕你受了无形的催眠。——只有这封信给你，我对于你同情和推想，都可于此中寻得。你为之欣慰或伤感，我无从得知，只盼你诚实的告诉我，并望你有出我意料外的彻悟消息告诉我！亲爱的朋友！保重罢！

隐自海滨寄

（原载1926年《小说月报》第17卷第10号）

月夜孤舟

发发弗弗的飘风，午后吹得更起劲，游人都带着倦意寻觅归程。马路上人迹寥落，但黄昏时风已渐息，柳枝轻轻款摆，翠碧的景山巅上，斜辉散霞，紫罗兰的云幔，横铺在西方的天际。他们在松阴下，迈上轻舟，慢摇兰桨，荡向碧玉似的河心去。

全船的人都悄默地看远山群岫，轻吐云烟，听舟底的细水潺湲，渐渐的四境包溶于模糊的轮廓里，这景地更清幽了。

他们的小舟，沿着河岸慢慢地前进。这时淡蓝的云幕上，满缀着金星，皎月盈盈下窥，河上没有第二只游船，只剩下他们那一叶的孤舟，吻着碧流，悄悄地前进。

这孤舟上的人们——有寻春的骄子，有漂泊的归客，在咿呀的桨声中，夹杂着欢情的低吟和凄意的叹息。把舵的阮君在清辉下，辨认着孤舟的方向，森帮着摇桨，这时他们的确负有伟大的使命，可以使人们得到安全，也可以使人们沉溺于死的深渊。森努力拨开牵绊的水藻，舟已到河心。这时月白光清，银波雪浪动了沙的豪兴，她叩着船舷唱道：

十里银河堆雪浪，

四顾何茫茫？

这一叶孤舟轻荡，

荡向那天河深处；

只恐玉宇琼楼高处不胜寒！

……

我欲叩苍穹，

问何处是隔绝人天的离恨宫？

奈雾锁云封！

奈雾锁云封！

绵绵恨……几时终！

这凄凉的歌声使独坐船尾的鞶黯然了，她呆望天涯，悄数陨堕的生命之花。而今呵，不敢对冷月逼视，不敢向苍天申诉。这深抑的幽怨，使得她低默饮泣。

自然，在这展布无底缺限的人间，谁曾看见过不谢的好花？只要在静默中掀起心幕，摧毁和焚炙的伤痕斑斑可认。这时全船的人，都觉灵弦凄紧，虞斜倚船舷，仿佛万千愁恨，都要向清流洗涤，都要向河底深埋。

天真的丽，他神经更脆弱，他凝视着含泪的鞶，狂痴的沙，仿佛将有不可思议的暴风雨来临，要摧毁世间的一切：尤其要捣碎雨后憔悴的梨花，他颤抖着稚弱的心，他发愁，他叹息，这时的四境实在太凄凉了！

沙呢，她原是漂泊的归客，并且归来后依旧漂泊，她对着这凉云淡雾中的月影波光，只觉幽怨凄楚，她几次问青天，但苍天冥冥依旧无言！这孤舟夜泛，这冷月只影，都似曾相识——但细听没有灵隐深处的钟磬声，细认也没有雷峰塔痕，在她毁灭而不曾毁灭尽的生命中，这的确是一个深深的伤痕。

八年前的一个月夜，是她悄送掉童心的纯洁，接受人间的绮情柔意，她和青在月影下，双影厮并，她那时如依人的小鸟，如迷醉的荼蘼，她傲视冷月，她窃笑行云。

但今夜呵！一样的月影波光，然而她和青已隔绝人天，让月儿蹂躏这寞落的心。她扎挣残喘，要向月姊问青的消息，但月姊只是阴森的惨笑，只是傲然的凌视，——指示她的孤独。唉！她在将凄音冲破行云，枉将哀调深渗海底，——天意永远是不可思议！

沙低声默泣，全船的人都罩在绮丽的哀愁中。这时船已穿过玉桥，两岸灯光，映射波中，似乎万蛇舞动，金彩飞腾。沙凄然道："这到底是梦境，还是人间?"

鞸道："人间便是梦境，何必问哪一件是梦，哪一件非梦!"

"呵！人间便是梦境，但不幸的人类，为什么永远没有快活的梦……这惨愁，为什么没有焚化的可能?"

大家都默然无言，只有阮君依然努力把舵，森不住地摇桨，这船又从河心荡向河岸，"夜深了，归去罢!"森仿佛有些倦了，于是将船儿泊在岸旁，他们都离开这美妙的月影波光，在黑夜中摸索他们的归程。

月儿斜倚翡翠云屏，柳丝细拂这归去的人们，——这月夜孤舟又是一番梦痕!

（选自1927年5月24日《蔷薇周刊》第2卷第26期）

愁情一缕付征鸿

鞹：

你想不到我有冒雨到陶然亭的勇气吧！妙极了，今日的天气，从黎明一直到黄昏，都是阴森着，沉重的愁云紧压着山尖，不由得我的眉峰蹙起。——可是在时刻挥汗的酷暑中，忽有这么仿佛秋凉的一天，多么使人兴奋！汗自然的干了，心头也不曾燥热得发跳；简直是初赦的囚人，四围顿觉松动。

鞹！你当然理会得，关于我的僻性，我是喜欢暗淡的光线和模糊的轮廓。我喜欢远树笼烟的画境，我喜欢晨光熹微中的一切，天地间的美，都在这不可捉摸的前途里。所以我最喜欢"笑而不答心自闲"的微妙人生。雨丝若笼雾的天气，要比丽日当空时玄妙得多呢！

今日我的工作，比任何一天都多，成绩都好。当我坐在公事房的案前，翠碧的树影，横映于窗间，刷刷的雨滴声，如古琴的幽韵，我写完了一篇温妮的故事，心神一直浸在冷爽的雨境里。

雨丝一阵紧，一阵稀，一直落到黄昏。忽在叠云堆里，露出一线淡薄的斜阳，照在一切沐浴后的景物上，真的，鞹！比美女的秋波还要清丽动怜，我真不知怎样形容才恰如其分，但我相信你总领会得，是不是！

这时君素忽来约我到陶然亭去，颦！你当然深切地记得陶然亭的景物——万顷芦田，翠苇已有人高。我们下了车，慢慢踏着湿润的土道走着。从苇隙里已看见白玉石碑矗立，呵！颦！我的灵海颤动了，我想到千里外的你，更想到隔绝人天的涵和辛。我悲郁地长叹，使君素诧异，或者也许有些惘然了。他悄悄对我望着，而且他不让我多在辛的墓旁停留，真催得我紧！我只得跟着他走了。上了一个小土坡，那便是鹦鹉冢，我蹲在地下，细细辨认鹦鹉曲。颦！你总明白北京城我的残痕最多，这陶然亭，更深深地埋葬着不朽的残痕。五六年前的一个秋晨吧：蓼花开得正好，梧桐还不曾结子，可是翠苇比现在还要高，我们在这里履行最凄凉的别宴。自然没有很丰盛的筵席，并且除了我和涵也更没有第三人。我们带来一瓶血色的葡萄酒和一包五香牛肉干，还有几个辛酸的梅子。我们来到鹦鹉冢旁，把东西放下，搬了两块白石，权且坐下。涵将酒瓶打开，我用小玉杯倒了满满的一盏，鹦鹉冢前，虔诚的礼祝后，就把那一盏酒竟洒在鹦鹉冢旁。这也许没有什么意义，但到如今这印象兀自深印心头呢！

我祭奠鹦鹉以后，涵似乎得了一种暗示，他握着我的手说："音！我们的别宴不太凄凉吗？"我自然明白他言外之意，但是我不愿这迷信是有证实的可能。我咽住凄意笑道："我闹着玩呢，你别管那些，咱们喝酒吧。你不是说在你离开之先，要在我面前一醉吗？好，涵！你尽量地喝吧。"他果然拿起杯子，连连喝了几杯。他的量最浅，不过三四杯的葡萄酒，他已经醉了——两颊红润得如黄昏时的晚霞。他闭眼斜卧在草地上，我坐在他的身旁，把剩下大半瓶的酒，完全喝了。我由不得想到涵明天就要走了，离别是什么滋味？不孤零会如沙漠中的旅人吗？无人对我的悲叹注意，无人为我的不眠唏嘘！我颤抖，我失却一切矜持的力，我悄悄地垂泪。涵睁开眼对我怔视，仿佛要对我剖白什么似的，但他始终未哼出一个字，他用手帕紧紧握住脸，隐隐透出啜泣之声，这旷野荒郊充满了幽厉之凄音。

颦！悲剧中的一角之造成，真有些自甘陷溺之愚蠢，但自古到今，有几个能自拔？这就是天地缺陷的唯一原因吧！

我在鹦鹉冢旁眷怀往事，心痕爆裂。颦！我相信如果你在跟前，我必致放声痛哭，不过除了在你面前，我不愿向人流泪，况且君素又催我走，结果我咽下将要崩泻的泪液。我们绕过了芦堤，沿着土路走到群冢时，细雨又轻轻飘落，我冒雨在晚风中悲嘘，颦！呵！我实在觉得羡慕你，辛的死，为你遗留下整个的爱，使你常在憧憬的爱园中踯躅。那满地都开着紫罗兰的花，常有爱神出没其中，永远是圣洁的。我的遭遇，虽有些像你，但是比你差逊多了。我不能将涵的骨殖，葬埋在我所愿他葬埋的地方，他的心也许是我的，但除了这不可捉摸的心以外，一切都受了牵掣。我不能像你般替他树碑，也不能像你般，将寂寞的心泪，时时浇洒他的墓土。呵！颦！我真觉得自己可怜！我每次想痛哭，但是没有地方让我恣意的痛哭。你自然记得，我屡次想伴你到陶然亭去，你总是摇头说："你不用去吧！"颦！你怜惜我的心，我何尝不知道，因此我除了那一次醉后痛快的哭过，到如今我一直抑积着悲泪，我不敢让我的泪泉溢出。颦！你想这不太难堪吗？世界上的悲情，孰有过于要哭而不敢哭的呢？你虽是怜惜我，但你也曾想到这怜惜的结果吗？

我也知道，残情是应当将它深深地埋葬，可恨我是过分的懦弱，眉目间虽时时含有英气，可济什么事呢？风吹草动，一点禁不住撩拨呵！

雨丝越来越紧，君素急要回去，我也知道在这里守着也无味，跟着他离开陶然亭。车子走了不远，我又回头前望，只见丛芦翠碧，雨雾幂幂，一切渐渐模糊了。

到家以后，大雨滂沱，君素也不能回去，我们坐在书房里，君素在案上写字，我悄悄坐在沙发上沉思。鞶呵！我们相隔千里，我固然不知道你那时在做什么，可是我想你的心魂，日夜萦绕着陶然亭旁的孤墓呢！人间是空虚的，我们这种摆脱不开，聪明人未免要笑我们多余，——有时我自己也觉得似乎多余！然而只有鞶你能明白：这绵绵不尽的哀愁，在我们有生之日，无论如何，是不能扫尽抛开的呵！

我向往想做英雄，——但此念越强，我的哀愁越深。为人类流同情的泪，固然比较一切伟大，不过对于自身的伤痕，不知抚摸惘惜的人，也绝对不是英雄。鞶，我们将来也许能做英雄，不过除非是由辛和涵使我们在悲愁中扎挣起来，我们绝不会有受过陶炼的热情，在我们深邃的心田中蒸勃呢！

我知道你近来心绪不好，本不应再把这些近乎撩拨的话对你诉说，然而我不说，便如梗在喉，并且我痴心希望，说了后可以减少彼此的深郁的烦纡，所以这一缕愁情，终付征鸿，鞶呵！请你恕我吧！

云音七月十五写于灰城。

（选自1927年7月26日《蔷薇周刊》第2卷第35期）

雷峰塔下

——寄到碧落

涵！记得吧！我们徘徊在雷峰塔下，地上纤纤碧草，间杂着几朵黄花，我们并肩坐在那软绵的草上。那时正是四月间的天气，我穿的一件浅紫麻纱的夹衣，你采了一朵黄花插在我的衣襟上，你仿佛怕我拒绝，你羞涩而微怯的望着我。那时我真不敢对你逼视，也许我的脸色变了，我只觉心脏急速地跳动，额际仿佛有些汗湿。

黄昏的落照，正射在塔尖，红霞漾射于湖心，轻舟兰桨，又有一双双情侣，在我们面前泛过。涵！你放大胆子，悄悄地握住我的手——这是我们头一次的接触，可是我心里仿佛被利剑所穿，不知不觉落下泪来，你也似乎有些抖颤，涵！那时节我似乎已料到我们命运的多磨多难！

山脚上忽涌起一朵黑云，远远的送过雷声——湖上的天气，晴雨最是无凭，但我们凄恋着，忘记风雨无情的吹淋，顷刻间豆子般大的雨点，淋到我们的头上身上，我们来时原带着伞，但是后来看见天色晴朗，就放在船上了。

雨点夹着风沙，一直吹淋。我们拼命地跑到船上，彼此的衣裳都湿透了，我顿感到冷意，伏作一堆，还不禁抖颤，你将那垫的毡子，替我盖上，又紧紧地靠着我，涵！那时你还不敢对我表示什么！

晚上依然是好天气，我们在湖边的椅子上坐着，看月。你悄悄对我说："雷峰塔下，是我们生命史上一个大痕迹！"我低头不能说什么，涵！真的！我永远觉得我们没有幸福的可能！

唉！涵！就在那夜，你对我表明白你的心曲，我本是怯弱的人，我虽然恐惧着可怕的命运，但我无力拒绝你的爱意！

从雷峰塔下归来，一直四年间，我们是度着悲惨的恋念的生活。四年后，我们胜利了！一切的障碍，都在我们手里粉碎了。我们又在四月间来到这里，而且我们还是住在那所旅馆，还是在黄昏的时候，到雷峰塔下，涵！我们那时毫无所拘束了。我们任情的拥抱，任意的握手，我们多么骄傲……

但是涵！又过了一年，雷峰塔倒了，我们不是很凄然的惋惜吗？不过我绝不曾想到，就在这一年十月里你抛下一切走了，永远地走了，再不想回来了！呵！涵！我从前惋惜雷峰塔的倒塌，现在，呵！现在，我感谢雷峰塔的倒塌，因为它的倒塌，可以扑灭我们的残痕！

涵！今年十月就到了。你离开人间已经三年了！人间渐渐使你淡忘了吗？唉！父亲年纪老了！每次来信都提起你，你们到底是什么因果？而我和你确是前生的冤孽呢！

涵！去年你的二周年纪念时，我本想为你设祭，但是我住在学校里，什么都不完全，我记得我只作了一篇祭文，向空焚化了。你到底有灵感没有！我总痴望你，给我托一个清清楚楚的梦，但是哪有?!

只有一次，我是梦见你来了，但是你为甚那么冷淡？果然是缘尽了吗？涵！你抛得下走了，大约也再不恋着什么！不过你总忘不了雷峰塔下的痕迹吧！

涵！人间是更悲惨了！你走后一切都变更了。家里呢，也是树倒猢狲散，父亲的生意失败了！两个兄弟都在外洋飘荡，家里只剩母亲和小弟弟，也都搬到乡下去住。父亲忍着伤悲，仍在洋口奔忙，筹还拖欠的债。涵！这都是你临死而不放心的事情，但是现在我都告诉了你，你也有点眷恋吗？

我！大约你是放心的，一直扎挣着呢，涵！雷峰塔已经倒塌了，我们的离合也都应验了。——今年是你死后的三周年——我就把这断藕的残丝，敬献你在天之灵吧！

（选自《曼丽》，北京古城书社1928年1月版）

寄燕北故人

亲爱的朋友们：

在你们闪烁的灵光里，大约还有些我的影子吧！但我们不见已经四年了，以我的测度你们一定不同从前了，——至少梅姊给我的印影——夕阳下一个倚新坟而凝泪的梅姊，比起那衰草寒烟的“梅窠”，吃鸡蛋煎菊花的豪情逸兴要两样了。至于轩姊呢，听说愁病交缠，近来更是人比黄花瘦。那么中央公园里，慢步低吟的幽趣，怕又被病魔销尽了！……呵！现在想到隽妹，更使我心惊！我记得我离开燕京的时候，她还睡在医院里，后来虽常常由信里知道她的病终久痊愈了，并且她又生了两个小孩子，但是她活泼的精神，和天真的情态，不会因为病后改变了吗？唉！不过四年短促的岁月中，便有这许多变迁了，谁还敢打开既往的生活史看，更谁敢向那未来的生活上推想！

我自从去年自己害了一场大病，接着又遭人生的大不幸，终日只是被暗愁锁着。无论怎样的环境，都是我滋感之菌——清风明月，苦雨寒窗，我都曾对之泣泪泛澜，去年我不是告诉你们：我伴送涵的灵柩回乡吗？那时我满想将我的未来命运，整个的埋没于僻塞的故乡，权当归真的墟墓吧！但是当我所乘的轮船才到故乡的海岸时，已经给我一个可怕的暗示——一片寒光，深笼碧水。四顾不禁毛发为之悚栗，满不是我意想中足以和暖我战惧灵魂的故乡。及至上了岸，就见家人，约了许多道士，在一张四方木桌上，满插着招魂幡旗，迎冷风而飘扬。只见涵的衰年老父，揾泪长号，和那招魂的磬钹繁响争激。唉！马江水碧，鼓岭云高，渺渺幽冥，究竟何处招魂！徒使劫余的我肝肠俱断。到家门时，更是凄冷鬼境，非复人间。唉！那高举的丧幡，沉沉的白幔，正同五年前我奔母亲丧时的一样刺心伤神。——不过几年之间，我却两度受造物者的宰割。哎！雨打风摧，更经得几番磨折！——再加着故乡中的俚俗困人，我究竟不过住了半年，又离开故乡了——正是谁念客身轻似叶，千里飘零！

去年承你们的盛情约我北去，更续旧游，只恨我胆怯，始终不敢应诺。按说北京是我第二故乡，我七八岁的时候，就和它相亲相近，直到我离开它，其间差不多十八九年。它使我发生对它的好感，实远胜我发源地的故乡。我到北京去，自然是很妥当而适意的了。不过你们应当知道，我为什么不敢去？东交民巷的皎月馨风，万牲园的幽廊斜晖，中央公园的薄霜淡雾，都深深的镂刻着我和涵的往事前尘！我又怎么敢去？怎么忍去！朋友们！你们千里外的故人，原是不中用的呢！不过也不必因此失望，因为近来我似乎又找到新生路了。只要我的灵魂出了牢狱，我便可和你们相见了！

我这一次重到上海，得到一个出我意料外的寂静的环境，读书作稿，都用不着等待更深夜静。确是蓼荻绕宅，梧桐当户，荒坟蔓草，白杨晚鸦，而它们萧然地长叹，或冷漠，都给我以莫大的安慰，并且启示我，为俗虑所掩遮的灵光——虽只是很淡薄的灵光，然而我已经似有所悟了。

我所住的房子，正对着一片旷野，窗前高列着几棵大树，枝叶繁茂，宿鸟成阵，时时鼓舌如簧，娇啭不绝。我课余无事，每每开窗静听，在它们的快乐声中，常常告诉我，它们是自由的……有时竟觉得，它们在嘲笑我太不自由了。因为我灵魂永远不曾解放过，我不能离开现实而体察神的隐秘。无论做什么事情，都只能宛转因人，这不是太怯弱了吗？

有一天我正向窗外凝视，忽然看见几个小孩子，满脸都是污泥，衣服也和他们的脸一样的肮脏，在我们房子左右满了落叶枯枝的草地上，摭拾那落叶枯枝。这时我由不得心里一惊——天寒岁暮了，这些孩子们，捡这枯枝，想来是燃了取暖的。昨天听说这左右发见不少小贼，于是我告诉门房的人，把那些孩子赶了出去，并且还交代小工，将那破损的竹篱笆修修好，不要让闲杂人进来……这自然是我的责任，但是我可对不起那几个圣洁的小灵魂了。我简直是蔑视他们，贼自然是可怕的罪恶，然而我没有用的人，只知道关紧门，不许他们进来，这只图自己的安适，再不为那些不幸的人们一回顾，这是多么卑鄙的灵魂？除自私之外没有更大的东西了！朋友们：在这灵光一瞥中，我发见了人类的丑恶，所以现在除了不幸的人外，我没有朋友。有许多人，对着某一个不幸的人，虽有时也说可怜，然而只是上下唇及舌头筋肉间的活动，和音带的震响罢了——真是十三分的漠然，或者可以说，其间含着幸灾乐祸的恶意呢！总之一个从来不懂悲哀和痛苦真义的人，要叫他能了解悲哀和痛苦的神秘，未免太不容易！所以朋友们！你们要好好记住，如果你们是有痛苦悲哀的时候，与其对那些不能了解的人诉说，希冀他们予以同情的共鸣，那只是你们的幻想，决不会成事实的。不如闭紧你们的口，眼泪向肚里流要好得多呢。

悲哀才是一种美妙的快感，因为悲哀的纤维，是特别的精细，它无论是触于怎样温柔的玫瑰花朵上，也能明切地感觉到，比起那近于欲的快乐的享受，真是要耐人寻味多了。并且只有悲哀，能与超乎一切的神灵接近。当你用怜悯而伤感的泪眼，去认识神灵的所在，比较你用浮夸的享乐的欲眼时，要高明得多。悲哀诚然是伟大的！

朋友们！你们读我的信到这个地方，总要放下来揣想一下吧！甚或要问这倒是怎么一回事？——想来这个不幸的人，必是被暗愁搅乱了神经，不然为何如此尊崇悲哀和不幸者呢？……要不然这个不幸的人，一定改了前此旷达的心胸，自囿于凄栗之中……呵！朋友们！如果你们如是的怀疑，我可以诚诚实实地告诉你们，这揣想完全错了。我现在的态度，固然是比较从前严肃，然而我却好久不掉眼泪了。看见人家伤心，我仿佛是得到一句隽永的名句，有意义的，耐人寻味的名句。我得到这名句，一面是刻骨子的欣赏，一面又从其中得到慰安。这真是一种灵的认识，从悲哀的历程中，所发见的宝藏。

我前此常常觉得人生，过于单调；青春时互相的爱恋者，一天天平凡地度过去，究竟什么是生命的意义！——有什么无上的价值，完全不明了。现在我仿佛得到神明的诏示，真了解悲哀才有与神接近的机会，才能与鲜红的热血为不幸者牺牲。朋友们！我相信你们中一定有能了解我这话的人，至少梅姊可以和我表同情，是不是？

我自从沦入失望和深愁浸渍的漩涡中，一直总是颓废不振。我常常自危，幸而近来灵光普照，差不多已由颓废的漩涡中扎挣起来了。只要我一旦对于我的灵魂，更能比较地解放，更认识得清楚些，那么那个人的小得失，必不至使我惊心动魄了。

梅姊的近状如何？我记得上半年来信，神气十分萎靡。固然我也知道梅姊的遭遇多苦。但是，我希望梅姊把自己的价值看重些，把自己的责任看大些，像我们这种个人的失意，应该把它稍为靠后些。因为这悲哀造成的世界，本以悲哀为原则，不过有的是可医治的悲哀，有的是不可医治的悲哀。我们的悲哀，是不可医治的根本的烦冤，除非毁灭，是不能使我们与悲哀相脱离。我们只有推广这悲哀的意味，与一切不幸者同运命，我们的悲哀岂不更觉有意义些吗？呵！亲爱的朋友！为了怜悯一个贫病的小孩子而流泪，要比因自己的不幸而流泪，要有意味得多呢！

神实在是不可思议的，所以能够使世界瑰琦灿烂，不可逼视，在这里我要告诉你一件很有趣味的事实。前天下午，我去看星姊。那时美丽的太阳，正射着玫瑰色的玻璃窗上，天边浮动着变幻的浅蓝的飞云。我走到星姊的房间的时候，正静悄悄不听一点声息。后来我开门进去，只见星姊正在摇篮旁用手极轻微地摇着睡在里面的小孩子。我一看，突然感觉到母亲伟大而高远的爱的神光，从星姊的两眸子中流射出来。那真是一朵不可思议的灿烂之花！呵，隽妹！我现在能想象你，那温慈的爱欢，正注射着你那可爱的娇儿呢！这真是人间最大慰安吧。无论是怎么痛苦或疲乏的人，只要被母亲的春晖拂照便立刻有了生气。世界上还有比母亲的爱更伟大么？这正是能牺牲自己而爱，爱她们的孩子，并且又是无所为而爱的呵！母亲的爱是怎样的神圣，也正和为不幸而悲哀同样有意味呢？

现在天气冷了，秋风秋雨一阵紧一阵，燕北彤云，雪意必浓，四境的冷涩，不知又使多少贫苦人惊心骇魄。但愿梅姊用悲哀的更大同情，为他们洗涤创污；隽妹以母亲伟大的温情，为他们的孤零嘘拂。

如果是无甚阻碍，明年暑假，我们定可图一晤。敬祝亲爱的朋友为使灵魂的超越而努力呵！

你们海角的故人书于凄风冷雨之下。

（选自《曼丽》，北京古城书社 1928 年 1 月版）

醉　后

——最是恼人拼酒，欲浇愁偏惹愁！回看血泪相和流——

我是世界上最怯弱的一个，我虽然硬着头皮说“我的泪泉干了，再不愿向人间流一滴半滴眼泪”，因此我曾博得“英雄”的称许，在那强振作的当儿，何尝不是气概轩昂……

北京城重到了，黄褐色的飞尘下，掩抑着琥珀墙、琉璃瓦的房屋，疲骡瘦马，拉着笨重的煤车，一步一颠地在那坑陷不平的土道上努力地走着，似曾相识的人们，坐着人力车，风驰电掣般跑过去了……一切不曾改观，可是疲惫的归燕呵，在那堆浪涌波掀的灵海里，都觉到十三分的凄惶呢！

车子走过顺城根，看见三四匹矮驴，摇动着它们项下琅琅的金铃，傲然向我冷笑，似笑我转战多年的败军，还鼓得起从前的兴致吗……

正是一个旖旎美妙的春天，学校里放了三天春假，我和涵、盐、琪四个人，披着残月孤星，和迷蒙的晨雾奔顺城根来。雇好矮驴，跨上驴背，轻扬竹鞭，得得声紧，西山的路上骤见热闹，这时道旁笼烟含雾的垂柳枝，从我们的头上拂过，娇鸟轻啭歌喉，朝阳美意酣畅，驴儿们驮着这欣悦的青春主人，奔那如花如梦的前程，是何等的兴高采烈……而今怎堪回首！归来的疲燕，裹着满身漂泊的悲哀，无情的瘦驴！请你不要逼视吧！

强抑灵波，防它捣碎了灵海，及至到了旧游的故地，[illegible]淡白墙，陈迹依稀可寻，但沧桑几经的归客，不免被这荆棘般的陈迹，刺破那不曾复原的旧伤，强将泪液咽下，努力地咽下。我曾被人称许我是“英雄”哟！

我静静在那里忏悔，我的怯弱，为什么总打不破小我的关头。我记得：我曾想象我是“英雄”的气概，手里拿着明晃晃的雌雄剑，独自站在喜马拉雅的高峰上，傲然地下视人寰。仿佛说：我是为一切的不平，而牺牲我自己的；我是为一切的罪恶，而挥舞我的双剑的呵！“英雄”，伟大的英雄，这是多么可崇拜的，又是多么可欣慰的呢！

但是怯弱的人们，是经不起撩拨的，我的英雄梦正浓酣的时候，波姊来叩我的门，同时我久闭的心门，也为她开了。为什么四年不见，她便如此的憔悴和消瘦，她[illegible]然地说：“你还是你呵！”她这一句话，好像是利刃，又好像是百宝匙；她掀开我秘密的心幕，她打开我勉强锁住的泪泉，与一切的烦恼。但是我为了要证实是英雄，到底不曾哭出来。

我们彼此矜持着，默然坐夜来了。于是我说：“波，我们喝他一醉吧！何若如此扎挣，酒可以蒙盖我们的脸面！”波点头道：“好早预备陪你一醉。”于是我们如同疯了一般，一杯，一杯，接连着向唇边送，好像鲸吞鲵饮，也不知道什么时候，把一小坛子的酒吃光了，可是我还举着杯“酒来！酒来！”叫个不休！波握住我拿杯子的手说：“隐！你醉了，不要喝了吧！”我被她一提醒，才知道我自己的身子，已经像驾云般支持不住，伏在她的膝上。唉！我一身的筋肉松弛了，我矜持的心解放了，风寒雪虐的春申江头，涵撒手归真的印影，我更想起萱儿还不曾断奶，便离开她的乳母，扶她父亲的灵柩归去。当她抱着牛奶瓶，宛转哀啼时，我仿佛是受绞刑的荼毒，更加着吴松江的寒潮凄风，每在我独伴灵帏时，撕碎我抖颤的心。……一向茹苦含辛的扎挣自己，然而醉后，便没有扎挣的力量了。我将我泪泉的水闸，开放了干枯的泪池，立刻波涛汹涌。我尽量地哭，哭那已经摧毁的如梦前程，哭那满尝辛苦的命运，唉！真痛恨呵，我一年以来，不曾这样哭过。但是苦了我的波姊，她也是苦海里浮沉的战将，我们可算是一对“天涯沦落人”。她呜咽着说：“隐！你不要哭了，你现在是做客，看人家忌讳！你扎挣着吧！你若果要哭，我们到空郊野外哭去，我陪你到陶然亭哭去。那里是我埋愁葬恨的地方，你也可以借他人酒杯，浇自己块垒。在那里我们可尽量地哭，把天地哭毁灭也好，只求今天你咽下这眼泪去罢！”惭愧！我不知英雄气概抛向哪里去了，恐怕要从喜马拉雅峰，直坠入冰涯愁海里去，我仍然不住地哭，那可怜双鬓如雪的姨母，也不住为她不幸的甥女老泪频挥，她颤抖着叹息着，于是全屋里的人，都悄默地垂着泪！可怜的萱儿，她对这半疯半醉的母亲，小心儿怯怯地惊颤着，小眼儿怔怔地呆望着。呵！无辜的稚子，母亲对不住你，在别人面前，纵然不英雄些，还没有多大羞愧，只有在萱儿面前不英雄，使她天真未凿的心灵里，了解伤心，甚至于陪着流泪，我未免太忍心，而且太罪过了。后来萱儿投在我的怀里，轻轻地将小嘴，吻着泪痕被颊的母亲，她忽然哭了。唉！我诅咒我自己，我愤恨酒，它使我怯弱，使我任性，更使我羞对我的萱儿！我决定止住我的泪液，我领着萱儿走到屋里，只见满屋子月华如水，清光幽韵，又逗起我无限的凄楚，在月姊的清光下，我们的陈迹太多了！我们曾向她诚默地祈祷过，也曾向她悄悄地赌誓过。但如今，月姊照着这漂泊的只影，他呢——人间天上，我如饿虎般的愤怒，紧紧掩上窗纱，我搂着萱儿悄悄地躲在床上，我真不敢想象月姊怎样奚落我。不久萱儿睡着了，我仿佛也进了梦乡，只觉得身上满披着缟素，独自站在波涛起伏的海边，四顾辽阔，没有岸际，没有船只，天上又是蒙着一层浓雾，一切阴森森的。我正在彷徨惊惧的时候，忽见海里涌起一座山来，削壁玲珑，峰崖峻崎，一个女子披着淡蓝色的轻绡，向我微笑点头唱道：

独立苍茫愁何多？
抚景伤漂泊！
繁华如梦，
姹紫嫣红转眼过！
何事伤漂泊！

我听那女子唱完了，正要向她问明来历，忽听霹雳一声，如海倒山倾，吓了我一身冷汗，睁眼一看，波姊正拿着醒酒汤，叫我喝，我恰一转身，不提防把那碗汤碰泼了一地，碗也打得粉碎，我们都不禁笑了。波姊说："下回不要喝酒吧，简直闹得满城风雨！……我早想到见了你，必有一番把戏，但想不到闹得这样凶！还是扎挣着装英雄吧！"

"波姊！放心吧！我不见你，也没有泪，今天我把整个儿的我，在你面前赤裸裸地贡献了，以后自然要装英雄！"波姊拍着我的肩说："天快亮了，月亮都斜了，还不好好睡一觉，病了又是白受罪！睡吧！明天起大家努力着装英雄吧！"

（选自《曼丽》，北京古城书社 1928 年 1 月版）

祭献之辞

唉！这是怎样悲惨而深刻的一个伤痕呵！评梅！月色是寒凉如冰，宇宙是深沉静默，你就在那时候悄悄地走了。我记得那夜，我刚睡下，就接到你舅父的电话，说是你病情危急，唉！我的心颤抖了，我的神经紊乱了，直等到森弟叫了汽车来，催我快走，我仿佛噩梦初醒。唉！评梅，我真不信你去得这样决绝，人间诚然是苦海，不过你这二十余年，寄息于其中，难道真没有一点依恋吗！但是天心不可测，我知道你的去，也是一半欢喜一半悲愁呢，是不是？

汽车转瞬到了医院门口，一片寒光，照在那庄严而冷森的大楼上；我感到凄凉了。一直含着泪走到你的病室，远远的已看见看护们手忙脚乱的样子，我吓极了，心想难道已经完了吗？我深夜赶来，终不能见你最后的一瞬吗？唉！天呵！这时我流着泪忙忙进了那个小门，看护正在给你擦痰，我知道你还在人间。这时我暗暗地祷祝上帝，我求他施出惊人的神通，将你游丝般的生命挽回。那时你喉头的痰，不住的作响，你的气息十分急促；脸色惨白极了，好像枯蜡，眼神也散了。看护将你手拿出来按了按脉，也叹息了，摇头了，她低声告诉我：脉没有了。唉！评梅！上帝是无灵的，命运是不可换回的。我忍着惨痛看着你咽了那最后的一口气。唉！太可怜了！

你将头往枕上一放，二十余年的生命便这样收束了，那时我还怔怔站在你的面前，我辨不出是梦是真。我看着你惨白的面靥、低垂的睫毛，和散乱的黑发，这一切不久都要化为灰尘，但是我愿它们都深深印入我的脑膜，但是医生不容我多看，他叹着气，将白色的被单遮住你的脸。唉！评梅！天从人间夺去了你，医生又从我眼睛里夺去了你，可怜我感到世界的空虚了。我禁不住放声痛哭，你的舅父、森弟也都向着你的尸骸痛哭。但是哭有什么用呢？天是永远不为这悲哀的哭声而动心的呵！一切都只是冷酷尊严的对着我们。后来看护来劝我出去歇歇，并且她还劝我说："你不要太为她悲苦，她得了这病，纵使好了，也要残废的。……这样一想她不是死还快活吗？"不错，她的话很有道理，并且我相信你自己也一定感到，死比生乐。如果灵魂是不灭的话，你在另一个世界，遇到你的宇哥，也许这时正在高唱凯歌呢。但是评梅，你丢下凄苦的清姑隐姊，她们太可怜了！还有你白发婆娑的两老，他们更需要你，你竟忍心放下走了，从此以后，他们接不到你的信；你的慈母到了暑假，也看不见你回去。你想到她老人家含着泪，替你预备床褥时的情景，你真能不动心吗？唉！评梅你纵使看轻这些，不值留恋的恋情，但是你所希望的事业你也决然不顾吗？唉！评梅，这一些疑问，你能答复我吗？而今是人天路隔了，若要相逢，除非梦里，希望你给我一个极清楚的梦吧！可怜我只敢有这一点希望呵！

你死去的消息，传遍以后，没有一个认识你的人，不为你恸哭，最可怜的，是你教的那群天真的小女孩们，她们叫着"先生"不住的痛哭。她们纯洁天真的小心，感到悲哀了。你装殓的时候，她们流着泪替你穿衣服，评梅！这一点应当骄傲了！这一些纯洁的天使，用她们极热烈的真诚之泪，来洗涤你在世的伤痕和劳绩，你大约可以安慰了吧！

现在我再告诉你白屋的情形，我记得从前每次来学校上课，当我开白屋门看不见你时，我心里就不知不觉的怅惘，有时并后悔。我今天来得太早，坐在这白屋里，又凄凉，又寂寞，由不得想起五六年前，白屋里的种种：那时候我们的交情，还是很普泛的，见面时除非谈些没要紧的话，其余的时候，便互相缄默着。那时我对于你的生平不很了解，我为了自己颠沛的命运，常口艳羡你的幸福。不过有的时候，你一种难言的苦情的表露，很使我惊奇过，但我以为是我自己的误解，所以一直不敢向你动问，并且连我自己，那时纠纷难解决的恋爱问题，也不敢向你进露一字半句。因此我们只有相视无言，后来我决定走了，决定去作绝大的牺牲了，你才含着凄苦的微笑对我说："隐姊，我佩服你，你是英雄，你胜利了！我真不如你！"当时我听了这话，心里一惊，莫非你也处在我这种进退皆难的环境吗？我想问你个究竟，又怕你不愿对我说，我只得不说什么，离开了白屋，第二天我也就离开了北京！你那时还到车站去送我，我看见你含着眼泪……唉！评梅，就在这一刹那间，我们的灵魂沟通了，在这广漠冷淡的人间，能够无意之中，得到一个知己，也算是幸福了。但是昔日所认为的幸福，就是今日的苦痛，如果我们始终只是普泛的认识，你今日的绝然而去，我也不过说一声"可惜"完毕。现在呢，你的死竟刻上一道极深刻的伤痕，在我创痛的心上，唉！评梅，你的隐姊真太可怜了，你知道我这几年来，所受的苦痛，是接二连三的不断呵！在你病的时候，正是我哥哥，丢下我年轻的嫂嫂和幼小的侄子们死去的时候。你想我那时的惨痛，向谁去诉说？还不是咽着眼泪，到学校去上课吗？有时候极想放声痛哭，但是怕别人忌讳讨厌，只得努力地忍下去，到深夜时，悄悄地在枕上流泪。唉！评梅！你从前总觉得你是孤苦的，但是你还有爱你的父母，还有许多了解你爱重你的朋友。说到你可怜的隐姊，那就太悲惨了！在这世界上，只有一个稚小的萱是她的亲人，父母呢，早已抛下她去了！现在爱她的哥哥，了解她的朋友，也都抛下她去了。唉！叫她怎忍回头过去，细想将来！唉！评梅，你从前曾允许为我料理后事，整理遗稿，立碑作传，现在你竟去了，这一切你所应许我的，反倒叫我替你办，天呵！这是怎么个安排呵？——唉！评梅，我每天来到不堪回首的白屋时，我便不禁泣然了，我坐在那长方桌的旁边，我总感觉到你是在我的对面。但是抬头细看，哪里有你的影子呢？有的只是那脑海中的幻影呵！有时我听见门外有高底鞋走路的声音，我总以为是你来了，然而每次我都是因失望而悲哀。有时我照着你常照的那面小镜子，总觉你站在我的身后呢，于是我急转过身来寻觅，唉！斗室凄清，又哪里有你的影子呵！唉！评梅！这仅仅是一所小小的白屋，但是它装了我们俩的悲哀和欢笑，在这小白屋中，你看见过我胜利的微笑；在这小白屋中，你看见过我悄流悼亡的泪。唉！仅仅四五年间，我们尝尽人间的酸甜苦辣的滋味，这一次我千里归来，本想和你相依以终。在这悲苦的命运中，互相鼓励，互相安慰，天公虽然刻残，我们也就感谢它，对于我们的意外厚遇了！谁知道，并这一点小小的希望，最后也只是一场幻梦！唉！评梅！我这样不幸的人，还配更说什么！

本来像我们这样凄苦的生命，早点收束了也罢！不过你呢，曾经为了白发高堂，强饭自爱。我似乎一无所恋了，但是现在我又为了萱努力的扎挣。我几次想到死，但我一想到我死后萱的孤苦可怜，我的心便又软了；我不愿意死了，我要扎挣着，受尽人间的凌虐，看她长大成人……唉！这岂是容易忍受的磨难；不过天知道！我为萱我愿意咬着牙忍受下去。

唉！评梅，我的哀苦也不愿再向你深说了，现在我再报你一个惨痛的消息，昨天我接到清妹一封快信，她为了你的死，哀痛将要发狂。她说“梅姊的死至少带去我半个生命”！并且她还要从南方来哭你埋葬你。我得到这个消息之后，我一直耽着惊恐，清妹年来的命运太凄苦，天现在更夺去她的梅姊，她小的双肩，怎样担得起这巨重的哀愁！唉！评梅，这几年来，天为什么特别和我们这几个可怜的女孩过不去呢！使我们尝尽苦恼，使我们受尽揶揄。最难堪的，要算负着创伤的心，还得在人前强为欢笑，在冷酷的人们面前装英雄。眼泪倒流，只有自己知道，唉！评梅你算是解脱了！但是我们呢，从前虽然悲苦，还有你知道，眼泪有时还可以向你流，你虽然也只是陪着我们流泪，可是已足够安慰我们了。现在呢，唉！完了，完了！一切都完了！评梅，我真恨世界，设如有轮回的话，我愿生生世世不再做人！评梅！我诚然“只有梅花知此恨”，然而梅花已经仙去，你叫我向谁说？

你埋葬的地方，我们知道你一定愿在陶然亭，我们也愿意你在陶然亭，因为那个地方正配你埋魂，并且又有宇哥伴你，你也不寂寞。不过现在我们还不敢把你死的消息，告诉你白发双亲，暂且我们也不敢就决定把你埋葬在那里，但是评梅你放心，我们总当设法使你如愿！

你的稿件，我当和清妹与你整理，作序，付印，将来的版税，自然要交给你的慈母。你的遗物：书，都放在学校的图书馆，留个永久的纪念，其他的东西，都交给你的舅父带回。

唉！评梅，你的一切身后事，我们是这样料理的，你满意吗？望梦中告诉我们！

这几天秋风凄厉，万象萧森，也正如你可怜的朋友们的心情。评梅！你知道吗！

今天是死后的三七，我含着眼泪，写这一篇祭献之词，敬献你在天之灵。唉！评梅……“万劫千生再见难，小影心头葬……”天实为之，我复何言！完了！完了！除非地球毁灭，此恨宁有已时！

（原载《世界日报·石评梅女士纪念特刊》，
1928年12月印行）

夜的奇迹

宇宙僵卧在夜的暗影之下，我悄悄地逃到这黑黑的林丛，——群星无言，孤月沉默，只有山隙中的流泉潺潺溅溅的悲鸣，仿佛孤独的夜莺在哀泣。

山巅古寺危立在白云间，刺心的钟磬，断续地穿过寒林，我如受弹伤的猛虎，奋力地跃起，由山麓窜到山巅，我追寻完整的生命，我追寻自由的灵魂，但是夜的暗影，如厚幔般围裹住，一切都显示着不可挽救的悲哀。吁！我何爱惜这被苦难剥蚀将尽的尸骸，我发狂似的奔回林丛，脱去身上血迹斑斑的征衣，我向群星忏悔。我向悲涛哭诉！

这时流云停止了前进，群星忘记了闪烁，山泉也住了呜咽，一切一切都沉入死寂！

我绕过丛林，不期来到碧海之滨，呵！神秘的宇宙，在这里我发现了夜的奇迹！

黝黑的夜幔轻轻地拉开，群星吐着清幽的亮光，孤月也踯躅于云间，白色的海浪吻着翡翠的岛屿，五彩缤纷的花丛中隐约见美丽的仙女在歌舞，她们显示着生命的活跃与神妙！

我惊奇，我迷惘，夜的暗影下，何来如此的奇迹！

我怔立海滨，注视那岛屿上的美景，忽然从海里涌起一股凶浪，将岛屿全个淹没，一切一切又都沉入在死寂！

我依然回到黝黑的林丛，——群星无言，孤月沉默，只有山隙中的流泉潺潺溅溅的悲鸣，仿佛孤独的夜莺在哀泣。

吁！宇宙布满了罗网，任我百般挣扎，努力的追寻，而完整的生命只如昙花一现，最后依然消逝于恶浪，埋葬于尘海之心，自由的灵魂，永远是夜的奇迹！——在色相的人间，只有污秽与残骸，吁！我何爱惜这被苦难剥蚀将尽的尸骸——总有一天，我将焚毁于自己郁怒的灵焰，抛这不值一钱的脓血之躯，因此而释放我可怜的灵魂！

这时我将摘下北斗，抛向阴霾满布的尘海。

我将永远歌颂这夜的奇迹！

（原载《华严月刊》1929 年第 1 卷第 1 期）

星　　夜

在璀璨的明灯下，华筵间，我只有悄悄地逃逝了，逃逝到无灯光、无月彩的天幕下。丛林危立如鬼影，星光闪烁如幽萤，不必伤繁华如梦，——只这一天寒星，这一地冷雾，已使我万念成灰，心事如冰！

唉?！天！运命之神！我深知道我应受的摆布和颠连，我具有的是夜莺的眼，不断的在密菁中寻觅，我看见幽灵的狞羡，我看见黑暗中的灵光！

唉！天！运命之神！我深知道我应受的摆布与颠连，我具有的是杜鹃的舌，不断的哀啼于花荫。枝不残，血不干，这艰辛的旅途便不曾走完！

唉！天！运命之神！我深知道我应受的摆布与颠连，我具有的是深刻惨凄的心情，不断的追求伤毁者的呻吟与悲哭——这便是我生命的燃料，虽因此而灵毁成灰，亦无所怨！

唉！天！运命之神！我深知道我应受的摆布与颠连，我具有的是血迹狼藉的心和身，纵使有一天血化成青烟。这既往的鳞伤，料也难掩埋！咳！因之我不能慰人以柔情，更不能予人以幸福，只有这辛辣的心锥时时刺醒人们绮丽的春梦，将一天欢爱变成永世的咒诅！自然这也许是不可避免的报复！

在璀璨的明灯下，华筵间，我只有悄悄逃逝了！逃逝到无灯光、无月彩的天幕下。丛林无光如鬼影，星光闪烁如幽萤，我徘徊黑暗中，我踯躅星夜下，我恍如亡命者，我恍如逃囚，暂时脱下铁锁和镣铐。不必伤繁华如梦——只这一天寒星，这一地冷雾，已使我万念成灰，心事如冰！

（选自《华严月刊》1929 年第 1 卷第 2 期）

美丽的姑娘

他捧着女王的花冠，向人间寻觅你——美丽的姑娘！

他如深夜被约的情郎，悄悄躲在云幔之后，觑视着堂前的华烛高烧，欢宴将散。红莓似的醉颜，朗星般的双眸，左右流盼。但是，那些都是伤害青春的女魔，不是他所要寻觅的你——美丽的姑娘！

他如一个流浪的歌者，手拿着铜钹铁板，来到三街六巷，慢慢地唱着醉人心魄的曲调，那正是他的诡计，他想利用这迷醉的歌声寻觅你，他从早唱到夜，惊动多少娇媚的女郎。她们如中了邪魔般，将他围困在街心，但是那些都是粉饰青春的野蔷薇，不是他所要寻觅的你——美丽的姑娘！

他如一个隐姓埋名的侠客，他披着白羽织成的英雄氅，腰间挂着莫邪宝剑；他骑着嘶风啮雪的神驹，在一天的黄昏里，来到这古道荒林。四壁的山色青青，曲折的流泉冲激着沙石，发出悲壮的音韵，茅屋顶上萦绕着淡淡的炊烟和行云。他立马于万山巅。

陡然看见你独立于群山前，——披着红色的轻衫，散着满头发光的丝发，注视着遥远的青天，噢！你象征了神秘的宇宙，你美化了人间。——美丽的姑娘！

他将女王的花冠扯碎了，他将腰间的宝剑，划开胸膛，他掏出赤血淋漓的心，拜献于你的足前。只有这宝贵的礼物，可以献纳。支配宇宙的女神，我所要寻觅的你——美丽的姑娘！

那女王的花冠，它永远被丢弃于人间！

（选自《华严月刊》1929 年第 1 卷第 2 期）

春的警钟

不知哪一夜，东风逃出它美丽的皇宫，独驾祥云，在夜的暗影下，窥伺人间。

那时宇宙的一切正偃息于冷凝之中，东风展开它的翅儿向人间轻轻扇动，圣洁的冰凌化成柔波，平静的湖水唱出潺溅的恋歌！

不知哪一夜，花神离开了她庄严的宝座，独驾祥云，在夜的暗影下，窥伺人间。

那时宇宙的一切正抱着冷凝枯萎的悲伤，花神用她挽回春光的手段，剪裁绫罗，将宇宙装饰得嫣红柔绿，胜似天上宫阙，她悄立万花丛中，赞叹这失而复得的青春！

不知哪一夜，司钟的女神，悄悄地来到人间！

那时人们正饮罢毒酒，沉醉于生之梦中，她站在白云端里敲响了春的警钟。这些迷惘的灵魂，都从梦里惊醒，呆立于尘海之心，——风正跳舞，花正含笑，然而人类却失去了青春！

他们的心已被冰凌刺穿，他们的血已积成了巨澜，时时鼓起腥风吹向人间！

但是司钟的女神，仍不住声地敲响她的警钟，并且高叫道：

青春！青春！你们要捉住你们的青春！
它有美丽的翅儿，善于逃遁，
在你们踌躇的时候，它已逃去无踪！
青春！青春！你们要捉住你们的青春！

世界受了这样的警告，人心撩乱到无法医治。
然而，不知哪一夜，东风已经逃回它美丽的皇宫。
不知哪一夜，花神也躲避了悲惨的人间！
不知哪一夜，司钟的女神，也不再敲响她的警钟！
青春已成不可挽回的运命，宇宙从此归复于萧杀沉闷！

（选自《华严月刊》1929 年第 1 期第 4 卷）

秋　　声

我曾酣睡于温柔芬芳的花心，周围环绕着旖旎的花魂和美丽的梦影；我曾翱翔于星月之宫，我歌唱生命的神秘，那时候正是芳草如茵，人醉青春！

不知几何年月，我为游戏来到人间，我想在这里创造更美丽的梦境，更和谐的人生。谁知不幸，我走的是崎岖的路程，那里没有花没有树，只有墙颓瓦碎的古老禅林，一切法相，也只剩了剥蚀的残身！

我踯躅于憧憧的鬼影之中，眷怀着绮丽的旧梦，忽然吹来一阵歌声，嘹栗而凄清，它似一把神秘的钥匙，掘起我心深处的伤痛。

我如荒山的一颗陨星，从前是有着可贵的光耀，而今已消失无踪！

我如深秋里的一片枯叶，从前虽有着可爱的青葱，而今只飘零随风！

可怕的秋声！世间竟有幸福的人，他们正期望着你的来临，但，请你千万莫向寒窗悲吟，那里面正昏睡着被苦难压迫的病人，他的一切都埋没于华年的匆匆，而今是更荷着一切的悲愁，正奔赴那死的途程。这阵阵的悲吟怕要唤起他葬埋了的心魂，徘徊于哀伤的荒冢！

呵！秋声！你吹破青春的忧境，你唤醒长埋的心魂——这原是运命的播弄，我何敢怒你的残忍！

（选自《华严月刊》1929年第1卷第6期）

亡　命

夜半听见藤萝架上沙沙的雨滴声，我曾掀开帐幔向窗外张望，藤萝叶子在黑暗里摆动，仿佛幢幢的鬼影。天容如墨，四境寂寥，心里有些悚然，连忙放下帐幔，翻身向里面睡，床头的挂钟滴答滴答响个不住。心绪如怒潮般的涌掀。重新翻转身来，窗外的雨滴声越发凄紧，依然睡不着。头部微微有些涨闷，眼睛发酸，心里烦躁极了。只得起来，拧亮了电灯，枕旁有临时放的一本《三侠五义》，翻起来看了，但见一行行如黑点般的闪过，一点没有领会到书里的意思。

忽听门外有人走路的脚步声，心房由不得怦怦乱跳，莫非是来逮捕我的吗？……今午庚曾告诉我：市党部有十五起人，告我是反革命，将要逮捕我，承庚的好意叫我出去躲一躲。这真仿佛青天里一个霹雳，不过我又仔细地想了一想，似乎像我这么一个微小的人儿，值不得加上这么一个尊严的罪名，所以我对庚说："也许是人们开玩笑吧？我想不要紧，因为我从没有做过这种活动……"

但是庚很诚挚地对我说："现在正是一切都在摇动的时候，我看还是走一步好，只当出去玩一趟。"

我说："也好吧！就出去走一趟……不过真冤！"

庚叹息道："好汉不吃眼前亏，……况且熬到有被逮捕的资格也就不错。"

庚这种解嘲的话，使得我们都不自然地惨笑了。当时我就决定第二天早晨到天津去，夜里收拾了一个小藤箱，但是心乱如麻，不知带些什么东西才好，直弄到十二点钟才睡下，正朦胧间，就被雨点惊醒。

真是门外的声音，越来越大，还似乎有人在窃窃耳语。我这时连忙起来，悄悄地把那小藤箱提在手里，只要听见打门，我就从后门逃到我舅舅家里去暂避，我按定乱跳的心，把耳朵向外静静地听着。过了些时，还没有人叫门，而且说话的声音似乎远了，我的心渐渐地平定了，吁了一口气，把小藤箱仍然放在地下，拧了电灯，打算再睡，可是东方已经发白了。要赶六点半的那一趟车，自然睡不成，因轻轻开了房门，把老妈子叫了起来，替我预备脸水，我一面洗脸，一面盘算，我到天津去住在什么地方呢？那里虽也有朋友，但是预先没有写信去通知他们，怎好贸然去搅扰人家？住旅馆？一个人孤孤凄凄……想到这里心绪更乱，怔怔地站了许久，这时候已五点半了。没有办法，到天津再说罢！提着藤箱无精打采地走吧！回头看见罗纱帐里小宝儿，正睡得浓酣，不忍去惊醒她，只悄悄在她额上吻了一吻，心里由不得一阵怅惘，虽然只是暂别，但是她醒来时不见了妈妈……今夜又不见妈妈回来和她同睡，她弱小的灵魂，一定要受重大的打击了。我不禁流泪了，同时我诅咒人类的偏狭，在互相排挤的中间，不知发生多少悲惨的事实。唉！我真愤恨！不由得把藤箱向地下一摔，似乎这样一来，我也总算得了胜利：因为我至少也欺负死几个蚂蚁吧！

车子已经叫来了，我把藤箱放在车上，我年老的姑妈对于这严重亡命，更感觉得情形紧张，她握住我的手，含着眼泪说："这实在是想不到的祸事！但愿你此去平安……并且多方请人疏通，得早些回来！……都要留心！……”我点了点头，要想说话觉得喉头哽咽，连忙跳上车子，不敢抬头向姑妈看，幸喜车夫已经拉起车子如飞地走了。这时候只有五点三刻，街上的行人很少，清凉寂静，我一夜不曾睡的困倦，这时都被晨气驱散了，脑子里种种思想，又都一幕一幕地涌出来。车子走到十字路口的时候，我忽然转了一念，亡命为什么一定要到天津去，北京地方大得很，谁又准知道我住在哪里？于是我决定无论如何我不离开北京，因告诉车夫，叫他拉我到西长安街去，不久我就在西长安街一家医院门口下车了。——这医院的院长，是我的乡亲，那里房屋很多，——我到医院里，因为时间尚早，我那乡亲还没有来，我只得在会客厅里等着。九点钟的时候，他才来了。我将一切情形和盘托出，请他借我一间房子暂住，从此我就充起病人来了！

这个医院，是临街的三层高楼，在楼上窗子里，可以看见大马路的车马奔驰，并且可以听见隆隆呜呜的车轮和汽笛声。我生性最怕热闹，因在西北角上，选了一间离街较远的屋子，但是推开后窗，依然可以看见大马路上的一切，并且这窗子是朝东的，早晨的太阳正耀人眼目地照射着。天气又非常闷热，我忙把这面窗关上，又加上黑色的帐幔，屋子里的光线立刻微弱了，心神的压迫也似乎轻松些。我坐在一张椅子上，看医院里的佣人，替我换床上的褥单和枕头布，他走后我便睡下了。头顶上的白云一朵朵的地西北飘去，形状变化离奇：有时候像一头伏虎，有时像一条卧龙……

我因昨夜失眠，今天精神极坏，本想在这隔绝一切的屋子里用一点功，或者写一篇稿子，谁知躺下后，就瘫软得无法起来。而且头昏目眩，似睡非睡地迷沉了一天，到夜晚的时候，街上的声音也比较少点，我起来把前后的窗门都开了。屋里的空气，立刻流通起来，一阵阵的温风，吹拂在我的脸上，神思清楚多了。仰头看见头顶上的天空，好像经海水洗过似的，非常碧清，在那上面缀着成千成万钻石般的星星，我在那繁星之中，找到其中最小的一个，代表我自己，但是同时我又觉得我不止那么一点。我虽然不愿意，但是这黑夜中最光芒，最惹人注意的一颗星……但是事实上，我也不是那最无光，最小的一颗，因为藏在井底的一群蛙，它们都张着阔口向我呱呱地叫，似乎说："你防备着吧！我们都在注意你呢！……你虽然在千万的繁星之中，是最不足轻重的一个，但是我们不敢希冀那第一等的大星的地位，只要我们能取得你的地位，我们已经很够了！"……于是乎我明白了，在这种世界上，我应当由一颗最小而弱的星的地位，悄悄逃出，去作一朵轻巧的云，来去无心，到毫不着迹的时候，便是我得救的时候了。

这思想真太渺茫，不知不觉已走入梦境，梦中我觉得我已真是一朵轻巧的云了。我飘然停在半天空，下面是一片大海，这时一点风都没有，海面上的波纹，轻轻地漾着，清凉的月光，照在这波浪上，闪出奇异的银花，我正想低下（头）来，吻着那可爱的海的时候，忽然从海底跳出一条鳄鱼来，立时鼓起海浪，仿佛山崩地塌般的掀动，澎湃起来，我吓极了。幸喜我这时已是不着迹的行云了！我轻轻浮起，无心地歇在一座山上，那山上正开着五色灿烂的山花，一阵的清香，又引诱我要去和它们接近。忽砰的一声，一个猎人的枪弹，直射在树梢头，那股凶猛的烟焰，把我冲散了。渐渐不是白云了。睁眼一看，依然是个着迹的人类，无精打采地睡在病院的钢丝床上。唉！我明白了！到如今我还只是一个着迹而微弱的人类哟！

我怅惘，我暗暗撕碎了不值一笑的雄心，我捣碎了希望的花蕊，眼前的一切，只是烦闷可怜！

马路上隆隆轧轧的车声，人声，又将我从天空拖到地狱似的人间，在这时候，我没有办法安慰我自己，只想睡去，或者梦里，还有不可捉摸的乐园，任我休养我的沉疴。无奈辗转反侧，再也不能入梦。正在苦闷万分的时候，听见有人敲门，我应道："谁？请进来吧！”门呀的一声开了，我的朋友莉走了进来，她一看见我的脸色，不禁惊叫道：“呵！隐，怎么你真病了吧？……脸色青黄得好不怕人！”

“也许是要病了，但是我知道不是身体上的病，你知道我的心是伤上加伤……我如何支持得住呢？……”

“唉！何必呢？什么事看开点就好了，莫非你作了亡命，就使你这样伤心吗？……其实呢，这正足以骄傲，至少你是被人注意了，我们昨天和庚说笑话说你真熬出来了，居然成了时代的大人物了。”

莉说完笑了笑，我呢，也只得报之以苦笑：“真的，我不明白，我为什么这样脆弱？常常觉得这个世界上的阴霾太浓重了，如果再压下去，我将要在浓重的阴霾下咽气了。”我这样对莉说。

莉听了我的话也不由得叹了一口气，一时竟想不出说什么话来安慰我才好，那神气彷徨得使我也不忍。我转过脸去，看着窗外，好久好久莉才找到一些话，一些使人咽着眼泪苦笑的话了。她说：“这年头可不就是那回事吗？咱们看戏吧，有的是呢，将来也许反叛又成了英雄，……好好地挣扎着干吧！……”

“看吧……自然有的是毁裂破碎的悲剧呢！……不过我已经觉得倦了……”实在的情形，我近来对于什么事，都觉得非常的无聊。在我心里最大的痛苦，是我猜不透人类的心，我所想望的光明，永远只是我自己的想望，不能在第二个人心里，掘出和我同样的想望。本来浅薄的人类，谁不愿意作个被人尊敬爱慕的英雄呢？于是不惜使千万人的枯骨，堆积起来，做成一个高台，将自己高高举起，使万众瞻仰。唉！我没有人们那种魄力，只有深藏在幽秘的芦苇里，听那些磷火悲切的申诉，将我伤了又伤的心，重新一刀刀地宰割了。

今天莉也很不快活，大概是受了我的影响，我们在没话可说的时候，彼此只有对坐默视着，其实呢，我们的悲苦，早已充满了我们的心灵，但是我们不愿意说什么，为了这浅近的语言，实在形容不出我们心头的痛苦。黄昏将近了，莉替我掩上了西边的窗，因为斜阳正射在我的眼上。她走了，屋里格外冷寂，几次走下床来，想在露台上看一看，但是刚走到露台口时，心里一惊，又忙退了回来，仿佛街上来来往往的行人，都将不存善意的眼光投射着我，要拿我开心呢。我忙退回，坐在一张藤椅上，我真感到人们对我太冷酷了，我仿佛是孤岛上一只失群的羊，任我咩咩地喊破了喉咙，也没有一个人给我一个同情的应和，并且沿着孤岛的四围的怒浪正伸着巨爪，想伺隙将我拖下海去。

我心里又凄楚，又愤恨，为什么我永远是被摧残的呢？……但是我同时要咒诅我自己太无能了，既是没有人来同情你就该痛快地离开这社会，去寻找较好的社会。现在呢，是又不满意这个社会，却又要留恋着这个社会，多么没出息呵！唉，好愚钝的人类！人们都在酣睡的时候，只有你一个人唱着神曲有什么用呢？你应当大胆敲响他们的门，使他们由噩梦中清醒，然后你的神曲唱得才有意义啊！

我想到这里，我不知不觉流起泪来，这眼泪有忏悔，有彻悟，还有惭愧，种种的意味呢！最后我感谢颠簸的命运，……这不值一笑的亡命，使我发现了应走的新道路。

我深切地祝福使我下次的亡命比这次有意义，便是绑到天桥吃枪子，也要值得。这一次真是太可耻了，简直不明白为什么，要从家里逃出来，唉，天呵，太滑稽了！

不知不觉在医院又过了一夜，外面一无消息，中午时莉又来看我，她笑道："没事了，回去吧！原来他们所以要逮捕你，是为了要你的地盘，现在你既经退出，他们也就不注意你的个人了，这正是匹夫无罪，怀璧其罪……"

在傍晚的时候，我收拾了桌上乱堆的书籍，重新提起我的小藤箱，惘然地走出了医院的大门。我站在石阶上看来往不绝的行人，我好像和他们隔绝了许久。正在瞭望的时候，远远两个穿西装的青年，向我站的地方走来，举手含笑向我招呼道：“隐！你上什么地方？……昨天听人说你到天津去了呵！”

“是的。”我想接下去说今天才回来，但是脸上有些发热，莉又在旁边向我笑，我只得赶忙跳上洋车走了。到了家里，走进我那小别三天的屋子，有说不出来的一种情绪兜上心来……

（选自《玫瑰的刺》，中华书局1933年3月初版）

云鸥情书选

二　致异云

信收到了，诗尚未寄来，想因挂号耽误之故吧。

承你鼓舞我向无结果人生路上强为欢笑，自然是值得感激的。不过，异云，神经过敏的我，觉得你不说悲观是不自然的……什么是奋斗？什么是努力？反正一句话，无论谁在没有自杀或自然的死去之先，总是在奋斗在努力，不然便一天也支持不过去的。

异云，我告诉你，我并不畏缩，我虽屡经坎坷，汹浪，恶涛，几次没顶，然而我还是我，现在依然生活着；至于我说我总拿一声叹息一颗眼泪去罩笼宇宙，去解释一切，那只怪我生成戴了这副不幸的灰色的眼镜，在我眼睛里不能把宇宙的一切变得更美丽些，这也是无办法的事。至于说悲观有何用——根本上我就没有希望它有用，——不过情激于中，自然的流露于外，不论是"阳春白雪"或"下里巴歌"，总而言之，心声而已。

我一生别的不敢骄人，只有任情是比一切人高明。我不能勉强敷衍任何人，我甚至于不愿见和我不洽合的人，我是这样的，只有我，没有别人；换言之，我的个性是特别顽强，所以我是不容易感化的，而且我觉得也不必勉强感化。世界原来是种种色色的，况悲切的哀调是更美丽的诗篇，又何必一定都要如欢喜佛大开笑口呢？异云，我愿你不要失去你自己，——不过，如果你从心坎里觉得世界是值得歌颂的，那自然是对的，否则不必戴假面具——那太苦而且无聊！

我们初次相见，即互示以心灵，所以我不高兴打诳语，直抒所欲言，你当能谅我，是不是？

再说罢，祝你

快乐！

冷鸥

四　致异云

云弟：

放心！我一切都看得雪亮，绝不至误会你！

人间虽然污浊，但是黑暗中也未尝没有光明；人类虽然渺小，但在或种环境之中也未尝没有伟大。云弟，我们原是以圣洁的心灵相结识，我们应当是超人间的情谊，我何至那么愚钝而去误会你。可怜的弟弟，你放心吧，放心吧！

人与人的交接不得已而戴上假面具，那是人间最残酷最可怜的事实，如果能够在某一人面前率真，那就是幸福，所以你能在我面前不虚伪，那是你的幸福，应当好好地享受。

什么叫疯话？——在一般人的意义（解释疯狂的意义之下）你自然难免贤者之讥；但在我觉得这疯话就是一篇美的文学，——至少它有着真诚的情感吧。

但是云弟，你入世未深，你年纪还小，恐怕有那么一天你的疯话将为你的经验和苦难的人生而陶铸成了假话呢！到那时候，才是真正可悲哀的。古人说“哀莫大于心死”，——现在一般社会上的人物，哪一个是有着活泼生动的心灵？哪一个不是行尸走肉般在光天化日之下转动着？唉！愚钝本是人类的根性，佛家所谓“真如”早已被一切的尘浊所遮掩了，还有什么可说？

其实我也不比谁多知道什么，有的时候我还要比一切愚钝的人更愚钝，不过我有一件事情可以自傲的：就是无论在什么环境中，我总未曾忘记过“自我”的伟大和尊严。所以我在一般人看起来是一个最不合宜的固执人，而在我自己，我的灵魂确因此解放不少，我除非万不得已的时候，我总是行我心之所安——这就是我现在还能扎挣于万恶的人间绝大的原因。云弟，我所能指导你的不过如是而已！

你是绝对主情生活的人，这种人在一方面说是很伟大很真实的；但在另一方面说，也是最苦痛最可怜的。因为理智与情感永远是冲突的，况且世界上的一切事实往往都穿上理智的衣裳，在这种环境之下，只有你一个人骑着没有羁勒的天马，到处奔驰，结果是到处碰钉子——这话比较玄妙，我可以举一件事实证明我的话是对的：比如你在南方饭店里所认识的某女士，在你不过任一时的情感说一两句玩话罢了，而结果？别人就拿你的话当作事实，然后加以理智的批评，因之某博士也不高兴你，某诗人也反对你，弄到现在，你自己也进退两难——这个大概够你受了吧？——所以，云弟，我希望你以后稍微冷静点，一般没什么智识的女子，她们不懂得什么神秘，她们可以把你一两句无意的话当作你对她们表示情爱的象征呢！——世路太险恶，天真的朋友，你要留心荆棘的刺伤呢。

云弟，你是极聪明的人，所以你比谁都疯狂，——自然这话也许你要笑我偷自“天才即狂人”的一句话；不过，我确也很了解这话的意义。所谓天才，他的神光与人不同，他的思想是超出人间的，而一般的批评家却是地道的人间的人，那些神秘惊奇的事迹在他们眼里看来自然是太陌生，又焉得不以疯子目之呢？

可是我并不讨厌疯子，我最怕那方行矩步的假人物。——在中国诗人中我最喜欢李太白和苏东坡，我最讨厌杜甫和吴梅村；在外国诗人中我所知道有限，可是我很喜欢雪莱——这也许就是我们能够共鸣的缘故吧。

天地间的东西最神秘的，是无言之言，无声之声，就是你所说的沉默。中国有一句成语说“无限心头事，都在不言中”。所谓沉默的时候，就是包容宇宙一切的时候，这时候是超人间的，如醉于美酒后的无所顾忌飘逸美满的心情。云，你说对不对？再谈吧，祝你高兴！

冷鸥

七　致异云

异云：

你的信我收到了，没有什么可说。天底下的春蚕没有不作茧的，也正犹之乎飞蛾扑火，明知是惹炎烧身，但是命运如此——正如你所说除了冷静去承受，实在也没有更高明的办法。

不过，异云，你要知道人类是不可思议的神秘的怪物，所以自苦的情形虽等于春蚕等于飞蛾，然而蚕茧的收获可以织出光彩的绸缎，飞蛾投入于火炎中虽是痛苦，同时可以加火的燃烧力。因之，人类虽愚，自甘沉没的结果，便得到最高的快乐和智慧了。异云，你为什么病？你是否为了搜寻智慧而病呢……我愿意知道。

这些天连着喝酒，我愿迷醉，但是朋友们太小心，唯恐我醉，常常不许我尽量，因此，我只能半醉，我只能模糊地记忆痛苦的已往——但是我不能整个忘了宇宙啊，异云，这是多么苦痛的事情呢？我希望有一天我能够醉得十分深——最好永不醒来。唉，异云，我是怪人，我不了解快乐，我只能领会悲哀。

自从认识你以后，我的心似乎有了一点东西——也许是一把钥匙，也许是一阵风，我的心不安定呢。

我觉得有一个美丽的幻影在我面前诱惑，我发誓纵使这幻影终久是空虚而苦痛的，但是我为了他醉人的星眸，我要追逐他——以至于这幻影消灭了，——我也毁灭的时候！呵！异云，我不愿更饶舌了，我只有沉默——除了沉默是没有方法可以包涵我心中无限的意思！

疯话一篇也许你懂，——当然我是希望你懂；不过，不懂也好，至少没有钥匙，没有了风，我的心门将永久闭塞，我的生命也永不起波浪。好了，星期日见吧。

冷鸥

十六　致异云

异云：

现在正是黄昏时候，天空罩着一层薄薄的阴翳，没有娇媚的斜阳，也没有灿烂的彩霞，一切都是灰色的。可是我最喜欢这样的时候，因此我知道我的命运是我自己造成的，我只喜欢人们所不喜欢的东西，自然我应得到人们所逃避的命运了。

灰色最是美丽，一个人的生命如果不带一点灰色，他将永远被摒弃于灵的世界。你看灰色是多么温柔，它不像火把人炙得喘不过气来，它同时也不像黑暗引人陷入迷途，——我怕太强烈的光线，我怕太热闹的生活，我愿永远沉默于灰色中。

这话太玄了吧，但是我想你懂，至少也懂得一部分，是不是？

今天一天我没有离开我的书案，碧的绿藤叶在微风中鼓荡，我抬头望着，常恍若置身于碧海之滨，细听小的涛浪互语：这是多么神秘的体验呵!

你回校写诗了吗?我希望在最近的将来能看见它,而且我预料一定是一本很美丽的作品。杀青时,千万就寄给我吧。

我今天写了不少的东西,而且心情也比较安定了。希望你的生活也很舒适。

你还吃素吗?天热,多吃点菜蔬,倒是很合卫生,不过有意克苦去吃素,我瞧很可不必——而且吃不了三天又要开斋,真等于"一曝十寒",未免太不彻底了。再谈。

祝你

康健!

冷鸥

十九　致异云

异云:

我这两天好像老在酒后,心情有些醉,又有些辛酸,真难过极了!偏偏应酬多,今天下午又要去赴宴,多么世俗啊!那一天我住到深山穷崖时,便是被赦的日子。

你的长信我收到了——

我从你那里得到许多美的幻影,当我静默时,便立刻映射于我的眼前!在那一刹那间我的心是充实的,不过也太复杂,所以最后仍然是冷漠空虚。——不过这个冷漠空虚,也许是一切被焚毁后的冷漠空虚吧。

天是怎样的不可测,我的心也是怎样的不可捉摸,不安定是不可避免的趋势,恐将困我终生——直到我埋葬时。

世界上认识我的人现在都张着惊奇的眼在注视我,以为我总有不可思议的变化,各种浪漫的谣言常常加在我的身上,真够热闹了。

可是我呢还是我！并且永远还是我，因此我更感觉我在世界上太孤独了。

冷鸥

二十四　致异云

云：

今晚电话里你说曾寄信给我，当时我很急地跑回家，而信还没有送到，不知你什么时候寄的。电话又坏了，听不清楚，真使人不高兴。云，你知道我的心是怎样不安定呢。

云，我常常虔诚地祈祷，我不希冀人间的宝贵虚荣，我只愿我俩中间永远不要有一些隔膜，即使薄于蝉翼的薄膜也不能使它存在，你能允许我吗？

我来到世界上所经的坎坷太多了，并且愈向前走，同路的人愈少，最后我是孤单的，所以我常常拼命蹂躏自己。自从认识你以后，你是那样的同情我，慰藉我，使我绝处逢生，你想我将如何惊喜！我极想抓住你——最初我虽然不敢相信我能，但是现在我觉得我非抓住你不可，因为你，我可以增加生命的勇气与意义；因为你，我可以为世界所摒弃而不感到凄惶；因为你，我可以忍受人们的冷眼。在这个世界，只要有一个知己，便一切都可无畏，便永远不再感到孤单。云，你想我是怎样的需要你呢？

你今天回学校以后心情怎样？望你能安心写诗，能高兴生活。我今天也写了一些稿子，不过天气太热，下午人不大好过，曾经发过痧，但不久就好了。你的身体怎样呢？云，我时常念着你呵！

再谈吧，祝你

高兴！

冷鸥

二十九　致异云

亲爱的：

我渴，我要喝翡翠叶上的露珠；我空虚，我要拥抱温软的玉躯；我眼睛发暗，我要看明媚的心光；我耳朵发聋，我要听神秘的幽弦。呵！我需要一切，一切都对我冷淡，可怜我，这几天的心彷徨于忧伤。

我悄对着缄默阴沉的天空虔诚祷祝，我说："万能的主上帝，在这个世界里，我虽然被万汇摒弃，然而荼毒我的不应当是你，我愿将我的生命宝藏贡献在你的丹墀，我将终身作你的奴隶，只求你不要打破我幻影的倩丽！"

但是万能的主上帝说："可怜的灵魂呵，你错了，幸福与坎坷都在你自己。"

呵，亲爱的，我自从得到神明的诏示后，我不再作无益的悲伤了。现在我要支配我的生命，我要装饰我的生命，我便要创造我的生命。亲爱的，我们是互为生命光明的宝灯，从今后我将努力地把住你在我空虚的心宫——不错，我们只是"一"，谁能够将我们分析？——只是恶剧惯作的撒旦，他用种种的法则来隔开我们，他用种种阴霾来遮掩我们，故意使我们猜疑，然而这又何济于事？法则有破碎的时候，阴霾有消散的一天，最后我们还是复归于"一"。亲爱的，现在我真的心安意定，我们应当感谢神明，是它给了我们绝大的恩惠。

我们的生命既已溶化为"一"，那里还有什么伤痕？即使自己抓破自己的手，那也是无怨无忌，轻轻地用唇——温气的唇，来拭净血痕，创伤更变为神秘。亲爱的，放心吧，你的心情我很清楚，因为我们的心弦正激荡着一样的音浪。愿你千万不要为一些小事介意！

这几天日子过得特别慢，星期（天）太不容易到了。亲爱的，你看我是怎样的需要你呵。你这几天心情如何？

我祝福你

快乐

鸥

三十一　致异云

亲爱的——

你瞧！这叫人怎么能忍受？灵魂生着病，环境又是如是的狼狈，风雨从纱窗里一阵一阵打进来，屋顶上也滴着水。我蜷伏着，颤抖着，恰像一只羽毛尽湿的小鸟，我不能飞，只有失神的等候——等待着那不可知的命运之神。

我正像一个落水的难人，四面汹涌的海浪将我紧紧包围，我的眼发花，我的耳发聋，我的心发跳，正在这种危急的时候，海面上忽然飘来一张菩提叶，那上面坐着的正是你，轻轻地悄悄地来到我的面前，温柔地说道："可怜的灵魂，来吧！我载你到另一个世界。"我惊喜地抬起头来，然而当我认清楚是你时，我怕，我发颤，我不敢就爬上去。我知道我两肩所负荷的苦难太重了，你如何载得起？倘若不幸，连你也带累得沦陷于这无边的苦海，我又何忍？而且我很明白命运之神对于我是多么严重，它岂肯轻易地让我逃遁？因此我只有低头让一个一个白银似的浪花从我身上踏过。唉，我的爱，——你真是何必！世界并不少我这样狼狈的歌者，世界并不稀罕我这残废的战士，你为甚么一定要把我救起，而且你还紧紧地将我搂在怀里，使我听见奇秘的弦歌，使我开始对生命注意！

呵，多谢你，安慰我以美丽的笑靥，爱抚我以柔媚的心光，但是我求你不要再对我遮饰，你正在喘息，你正在扎挣，——而你还是那样从容地唱着摇篮曲，叫我安睡。可怜！我哪能不感激你，我哪能不因感激你而怨恨我自己？唉！我为什么这样渺小？这样自私？这样卑鄙？拿爱的桂冠把你套住，使你吃尽苦头？——明明是砒霜而加以多量的糖，使你尝到一阵苦一阵甜，最后你将受不了荼毒而至于沦亡。

唉，亲爱的，你正在为我柔歌时，我已忍心悄悄地逃了，从你温柔的怀里逃了，甘心为冷硬的狂浪所淹没。我昏昏沉沉在万流里漂泊，我的心发出忏悔的痛哭，然而同时我听见你招魂的哀歌。

爱人，世界上正缺乏真情的歌唱。人与人之间隔着万重的铜山，因之我虔诚地祈求你尽你的能力去唱，唱出最美丽的最温柔的歌调，给人群一些新奇的同感。

我在苦海波心不知漂泊几何岁月，后来我漂到一个孤岛上，那里堆满了贝壳和沙砾，我听着我的生命在沙底呻吟，我看着撒旦站在黑云上狞笑。啊，我为我的末路悲悼，我不由得跪下向神明祈祷，我说：“主呵！告诉我，谁藏着玫瑰的香露？谁采撷了智慧之果？……一切一切，我所需要的，你都告诉我！你知道我为追求这些受尽人间的坎坷！……现在我将要回到你的神座下，你可怜我，快些告诉我吧！”

我低着头，闭着眼，虔诚地等候回答，谁想到你又是那样轻轻地悄悄地来了！你热烈地抱住我说：“不要怕，我的爱！……我为追求你，曾跋涉过海底的宫阙；我为追求你，曾跑遍山岳。谁知那里一切都是陌生，一切都是飘渺，哪有你美丽的倩影？哪有你熟习的声音？于是我夜夜唱着招魂的哀歌，希冀你的回应。最后我是来到这孤岛边，我是找到了你！呵！我的爱，从此我再不能与你分离！”

啊，天！——这时我的口发渴，我的肚子饥饿，我的两臂空虚，——当你将我引到浅草平铺的海滨——我没有固执，我没有避忌，我忘记命运的残苛；我喝你唇上的露珠，我吃你智慧之果，我拥抱你温软的玉躯。那时你教给我以世界的美丽，你指点我以生命的奥义，唉，我还有什么不满足？然而，吾爱，你不要惊奇，我要死——死在你充满灵光漾溢情爱的怀里，如此，我才可以伟大，如此我才能不朽！

我的救主，我的爱，你赐予我的如是深厚，而你反谦和地说我给你的太多太够！

然而我相信这绝不虚伪，绝不是世人所惯用的技巧，这是伟大的爱所发扬出来的彩霓！——美丽而协和，这是人类世界所稀有的奇迹！

今后人世莫非将有更美丽的歌唱，将有更神秘的微笑吗？我爱，这都是你的力量啊！

前此撒旦的狞笑时常在我心中徘徊，我的灵魂永远是非常狼狈——有时我似跳尘寰，世界上的法则都从我手里撕碎，我游心于苍冥，我与神祇接近。然而有时我又陷在命运的网里，不能挣扎，不能反抗，这种不安定的心情像忽聚忽散的云影。吾爱，这样多变幻的灵魂，多么苦恼，我须要一种神怪的力将我维系，然而这事真是不容易。我曾多方面的试验过：我皈依宗教，我服膺过名利，我膜拜过爱情，而这一切都太拘执太浅薄了，不能和我多变的心神感应，不能满足我饥渴的灵魂，使我常感到不调协，使我常感到孤寂。但是自碰见你，我的世界变了颜色——我了解不朽，我清楚神秘。

亲爱的，让我们似风和云的结合吧。我们永远互相感应，互相融洽，那末，就让世人把我们摒弃，我们也绝对的充实，绝对的无憾。

亲爱的，你知道我是怎样怪癖，在人间我希冀承受每一个人的温情，同时又最怕人们和我亲近。我不需要形式固定的任何东西，我所需要的是适应我幽秘心弦的音浪。我哭，不一定是伤心；我笑，不一定是快乐。这一切外形的表现不能象征我心弦的颤动，有时我的眼泪和我的笑声是一同来的。这种心波，前此只有我自己知道，我自己感着，现在你是将我整个的看透了。你说：

我握着你的心，
我听你的心音；
忽然轻忽然沉，
忽然热忽然冷，
有时动有时静，——
我知道你最晰清。

呵！这是何等深刻之言。从此我不敢藐视人群，从此我不敢玩弄一切，因为你已经照彻我的幽秘，我不再倔强，在你面前我将服帖柔顺如一只羔羊。呵，爱的神，你诚然是绝高的智慧，我愿永远生息于你的光辉之下，我也再不彷徨于歧路，我也再不望着前途流泪，一切一切你都给了我，新奇的觉醒——我的爱，我的神……

你的冷鸥

四十　致异云

异云：

我真想赤裸裸毫无掩饰地把我最近的心情报告给你。但是我的思绪太复杂，真有如李后主“剪不断、理还乱”的滋味！

我永远感到心的空虚，但是这时仍然是好现象——最不堪的是麻木的状态。在这种状态中，没有情思，没有灵感，只有无限的压迫似乎塞住毛管每一个孔穴，几乎窒了呼吸。呵，这种痛苦是我认为最不容易忍受的。不幸，每一个月中，总有这样的几天，目下就是囿于这种牢狱之中——今天也许是逃去牢狱了：心浪异常澎湃，神经也异常兴奋；念了一本日本厨川白村的《出了象牙之塔》，里头有许多话使我受了很深的刺激，他说“不论好与坏，都应当一直冲上前去，不应当徘徊歧路”。异云，我的一生就缺少这种勇气。我认为坏的，自然不敢往那条路上挪一步；但我认为好的，如果是一般人所诽议的，我也不敢向前挪一步，这是多么怯弱可耻没出息的人！呵，我愿意从今以后对于生命努力去充实。在这一方面我觉得你比我强多了，你能打破一切规则，走你所要走的路，因之你的造诣要比我深了。——但是我相信我的根性并不如现在这样怯弱，缺乏光耀，只可惜我受传统思想的影响太深了。其实，我在一般女子里已经算是比较大胆的了，现在我才知道不够，我还要更大胆些，更看得远些。我热就要热到沸点，冷也要冷到冰点，能这样，才配了解人生；如果是半热半冷的，那只是浅肤的生活，不能象征人类的伟大！呵，伟大其实又值得什么呢？不过，人总是人，当然如出于幽谷而迁于乔木的向上心——就是如此吧，不必再深究下去了，深究下去，白白的自寻苦恼，是不是？异云，你这一个星期的工作如何？我希望你能安定地过下去，我也努力多读书多写文章。星期六我们再见。祝你

高兴

鸥

五十五　致异云

异云，亲爱的！

在星期四一天之内，我收到你三封信，我把每一封看过之后，呆呆地坐在寂静的屋里，我遥望着对面的沙发。呵，异云，我似乎看见你了！你神秘而含情的眼，充满天真热情的唇，都逼真地在我

心眼里跳动。这时候，我极想捉住这一切，但当我立起身来，我才知道这完全是我心里的幻觉。唉，异云，亲爱的！我们真是不能分离呢！

我来到世界上什么样的把戏也都尝试过了。从来没有一个了解我的灵魂的人，现在我在无意中遇到你，我们第一次见面，就是基于心灵的认识。异云，你想我是怎样欣幸？我常常为了你的了解我而欢喜到流泪，真的，异云，我常常想天使我认识你，一定是叫你来补偿我前此所受的坎坷。

最初我是世故太深了，不敢自沉于陶醉中，但现在我知道我自己的错误，我真太傻！此后我愿将整个身心交付你，希望你为了我增加生命的勇气，同时我因为你也敢大胆创造一个新的世界了。

悲观虽是我的根性，但是环境也很有关系，现在以及将来我愿我能扩大悲观的范围，为一切不幸者同情，而对于我自己的生活力求充实与美满。

从前我总觉得我是命运手中的泥，现在我知道错了。我要为了你纯洁的爱，用大无畏的精神自造命运。唉，异云！你所赐与我的真不能以量计了。

我常常想到你——尤其是你灵魂的脆弱最易受伤——使我不放心！我希望你此后将一切的苦恼都向我面前倾吐，我愿意替你分担，如果碰到难受的时候，你就飞到我面前来吧。亲爱的，我愿为你而好好地做人，自然我也愿为你牺牲一切，只要我们俩能够互相慰藉互相帮助，走完这一条艰辛的人生旅程，别的阻碍应当合力摧毁它。异云，我自然知道而且相信你也是绝对同情的。

你学校的功课很忙，希望你不要使你的灵魂接受其他的负担，好好注意你的身体。至于我呢？近来已绝对不想摧残自己了。从前我觉得没有前途，所以希望早些结束，现在我是正在努力创造新生命，我又怎能不好好保养？爱人，请你放心罢。

无聊的朋友我也不愿常和他们鬼混，而且我的事情也不少，同时还要努力创作，所以以后我也极力避免无谓的应酬。异云，望你相信我，只要你所劝告我的话，我一定听从——因为你是爱我的。

诗人来信说些什么？星期六三点钟以后我准在家等你。亲爱的，我盼望今夜能在梦中见到你，并且盼望是一个美妙的热烈的梦呢！再谈吧，祝你

高兴，我的爱人！

冷鸥

六十六　致异云

异云——我生命的寄托者：

今天我看看日历已经三月三号了，虽然前两天曾下过雪，但那已是春之复归的春雪。呵，在这阳光融雪，雨滴茅檐的刹那间，我的心起了极大的变化，我仿佛沉梦初醒，又仿佛长途归来，你想我是怎样的庆幸与惊喜呢？唉！我们相识已经整整一年了，——一年了。在这一年中，我们在人间镂刻上不少的痕迹，我们曾在星月下看过春的倦睡，我们曾在凌晨听过海边的风涛的豪歌，我们也曾互相在迷离的海雾中迷失过，我们也曾在浓艳的玫瑰汁中沉醉过，我们也曾在凄风苦雨的荒庙痛哭过，——呵！这样一段多变化多幽秘的旅途，现在我们是走完了，我们不是初次航海的冒险者了，我们已经看惯海上的风涛，这时候无论海雾如何浓厚，波涛如何猖獗，亦不足动摇我们的目标的分毫了。呵！爱人！前面有一盏光明的灯，前面有一杯幸福的美酒，还有许多青葱的茂林满溢着我们生命的露滴，吾爱！让我们放下人间一切的负荷，尽量享受和谐的果实吧。

吾爱！我曾听见“时间”在静悄中溜过，——它是毫不留意的溜过，在这时候，我们要用全生命去追逐它，不愿有一秒钟把它放

过。你知道，吾爱！它走了是永不再回来的呵！即使它还回来，我们已经等不得了。所以吾爱，我们应当好好的生活，好好的享受，不要让时间抛弃了我们。你知道，美丽的春花，是为了我们而含笑的；幽美的月夜，是为了我们而摆设的。我们是一切的主宰。

你的房屋布置得那样理想，别人或者要为你的阴黯而悲伤，但是我呢，不，绝不觉得是可悲的事情。我看见一朵墨绿色的茶花，是开在你的心上，它是多色彩，多幽秘的象征。所以吾爱，我虔诚地膜拜你，你是支配了生命的跃动，你是美化了万汇。

在这紊乱尘迷的世界，我常常失掉我自己，但是为了你的颂赞——就藉着你那伟大锐利的光芒，我照见了狼狈的自我。爱人呵！我是从渺小中超拔了，我从重浊肮脏的躯骸中逃逸了。我看见一朵洁白的云上，托着毫不着迹的灵魂，这时我是一朵花，我是一只鸟，我是一阵清风，我是一颗亮星，但是吾爱！你千万不要忘记这完全是你的赐予呵！倘若那一天我是失掉了你，由你心中摒弃了我的时候，我便成了一颗陨了的星，一朵枯了的花，一阵萧瑟的风，一只僵死的鸟，从此宇宙中将永看不见黑暗中迸出的光芒，残杀中将永无微笑，春天将不再有鸟儿歌唱。所以吾爱，你是掌有宇宙的生杀之权，你是宇宙的神明，同时也是魔鬼。

但是美丽爱人，我早认识你了，你虽然两手握着两样的权威，而你温柔的两眼，已保证了你对人类的和慈与爱护，所以我知道宇宙从此绝不再黯淡了。哦，伟大的爱人！我真诚地为你滴出心的泪滴，你是值得感激和膜拜的呵！

异云——展开你伟大的怀抱，我愿生息在你光明的心胸之下。

你永远的冷鸥

（选自天津《益世报》文艺副刊，

1930年2月14日—4月8日）

东京小品

一 咖啡店

橙黄色的火云包笼着繁闹的东京市，烈炎飞腾似的太阳，从早晨到黄昏，一直光顾着我的住房，而我的脆弱的神经，仿佛是林丛里的飞萤，喜欢忧郁的青葱，怕那太厉害的阳光，只要太阳来统领了世界，我就变成了冬令的蛰虫，了无生气。这时只有烦躁疲弱无聊占据了我的全意识界，永不见如春波般的灵感荡漾……呵！压迫下的呻吟，不时打破木然的沉闷。

有时勉强振作，拿一本小说在地席上睡下，打算潜心读两行，但是看不到几句，上下眼皮便不由自主的合拢了。这样昏昏沉沉挨到黄昏，太阳似乎已经使尽了威风，渐渐地偃旗息鼓回去，海风也凑趣般吹了来，我的麻木的灵魂，陡然惊觉了，“呵！好一个苦闷的时间，好像换过了一个世纪！”在自叹自伤的声音里，我从地席上爬了起来，走到楼下自来水管前，把头脸用冷水冲洗以后，一层遮住心灵的云翳遂向苍茫的暮色飞去，眼前现出鲜明的天地河山，久已凝闭的云海也慢慢掀起波浪，于是过去的印象，和未来的幻影，便一种种的在心幕上开映起来。

忽然一阵非常刺耳的东洋音乐不住地送来耳边，使听神经起了一阵痉挛。唉！这是多么奇异的音调，不像幽谷里的多灵韵的风声，不像丛林里清脆婉转的鸣鸟之声，也不像碧海青崖旁的激越澎湃之声……而只是为衣食而奋斗的劳苦挣扎之声。虽然有时声带颤动得非常婉妙，使街上的行人不知不觉停止了脚步，但这只是好奇，也许还含着些不自然的压迫，发出无告的呻吟，使那些久受生之困厄的人们同样的叹息。

这奇异的声音正是从我隔壁的咖啡店里一个粉面朱唇的女郎樱口里发出来的。那所咖啡店是一座狭小的日本式楼房改造成的，在三四天以前，我就看见一张红纸的广告贴在墙上，上面写着本咖啡店择日开张。从那天起，有时看见泥水匠人来洗刷门面，几个年轻精壮的男人布置壁饰和桌椅，一直忙到今天早晨，果然开张了。当我才起来，推开玻璃窗向下看的时候，就见这所咖啡店的门口，两旁放着两张红白夹色纸糊的三角架子，上面各支着一个满缀纸花的华丽的花圈，在门楣上斜插着一支姿势活泼鲜红色的枫树，沿墙根列着几种松柏和桂花的盆栽，右边临街的窗了垂着淡红色的窗帘，衬着那深咖啡色的墙，真有一种说不出的鲜明艳丽。

在那两个花圈的下端，各缀着一张彩色的广告纸，上面除写着本店即日开张，欢迎主顾以外，还有一条写着“本店用女招待”字样，——我看到这里，不禁回想到西长安街一带的饭馆门口那些红绿纸写的雇用女招待的广告了。呵！原来东方的女儿都有招徕主顾的神通！

我正出神地想着，忽听见叮叮当当的响声，不免循声看去，只见街心有两个年轻的日本男人，身上披着红红绿绿仿佛袈裟式的半臂，头上顶着像是凉伞似的一个圆东西，手里拿着铙钹，像戏台上的小丑一般，在街心连敲带唱，扭扭捏捏，怪样难描，原来这就是活动的广告。

他们虽然这样辛苦经营，然而从清晨到中午还不见一个顾客光临，门前除却他们自己作出热闹声外，其余依然是冷清清的。

黄昏到了，美丽的阳光斜映在咖啡店的墙隅，淡红色的窗帘被晚凉的海风吹得飘了起来，隐约可见房里有三个年轻的女人盘膝跪在地席上，对着一面大菱花镜，细细的擦脸，涂粉，画眉，点胭脂，然后袒开前胸，又厚厚的涂了一层白粉，远远看过去真是“肤如凝脂，领如蝤蛴”，然而近看时就不免有石灰墙和泥塑美人之感了。其中有一个是梳着两条辫子的，比较最年轻也最漂亮，在打扮头脸之后，换了一身藕荷色的衣服，腰里拴一条橙黄色白花的腰带，背上驼着一个包袱似的东西，然后款摆着柳条似的腰肢，慢慢下楼来，站在咖啡店的门口，向着来往的行人“巧笑倩兮，美目盼兮”，大施其外交手段。果然没有经过多久，就进去两个穿和服木屐的男人。从此冷清清的咖啡店里骤然笙箫并奏，笑语杂作起来。有时那个穿藕荷色衣服的雏儿唱着时髦的爱情曲儿，灯红酒绿，直闹到深夜兀自不散。而我呢，一双眼的上眼皮和下眼皮简直分不开来，也顾不得看个水落石出。总而言之，想钱的钱到手，赏心的开了心，圆满因果，如是而已，只应合十念一声“善哉”好了，何必神经过敏，发些牢骚，自讨苦趣呢！

（选自《妇女杂志》1930年第16卷第12号）

二　庙会

正是秋雨之后，天空的雨点虽然停了，而阴云兀自密布太虚。夜晚时的西方的天，被东京市内的万家灯火照得起了一层乌灰的绛红色。晚饭后，我们照例要到左近的森林中去散步。这时地上的雨水还不曾干，我们各人都换上破旧的皮鞋，拿着雨伞，踏着泥滑的石子路走去。不久就到了那高矗入云的松林里。林木中间有一座土地庙，平常时都是很清静地闭着山门，今夜却见庙门大开，门口挂着两盏大纸灯笼，上面写着几个蓝色的字——天主社。庙里面灯火照耀如同白昼，正殿上搭起一个简单的戏台，有几个戴着假面具穿着彩衣的男人——那面具有的像龟精鳖怪，有的像判官小鬼，大约有四五个人，忽坐忽立，指手画脚地在那里扮演，可惜我们语言不通，始终不明白他们演的是什么戏文。看来看去，总感不到什么趣味，于是又到别处去随喜。在一间日本式的房子前，围着高才及肩的矮矮的木栅栏，里面设着个神龛，供奉的大约就是土地爷了。可是我找了许久，也没找见土地爷的法身，只有一个圆形铜制的牌子悬在中间，那上面似乎还刻着几个字，离得远，我也认不出是否写着本土地神位——反正是一位神明的象征罢了。在那佛龛前面正中的地方悬着一个幡旌似的东西，飘带低低下垂。我们正在仔细揣摩赏鉴的时候，只见一位年纪五十上下的老者走到神龛面前，将那幡旌似的飘带用力扯动，使那上面的铜铃发出零丁之声，然后从钱袋里掏出一个铜钱——不知是十钱的还是五钱的，只见他便向佛龛内一甩，顿时发出铿锵的声响，他合掌向神前三击之后，闭眼凝神，躬身膜拜，约过一分钟，又合掌连击三声，这才慢步离开神龛，心安意得地走去了。

自从这位老者走后，接二连三来了许多人，男的女的，老的少的——还有尚在娘怀抱里的婴孩也跟着母亲向神前祈祷求福，凡来顶礼的人都向佛龛中舍钱布施。还有一个年纪二十多岁的女人，身上穿着白色的围裙，手中捧着一个木质的饭屉，满满装着白米，向神座前贡献。礼毕，那位道袍秃顶的执事僧将饭屉接过去，那位善心的女施主便满面欣慰地退出。

我们看了这些善男信女礼佛的神气，不由得也满心紧张起来，似乎冥冥之中真有若干神明，他们的权威足以支配昏昧的人群，所以在人生的道途上，只要能逢山开路，见庙烧香，便可获福无穷了。不然，自己劳苦得来的银钱柴米，怎么便肯轻轻易易双手奉给僧道享受呢？神秘的宇宙！不可解释的人心！

我正在发呆思量的时候，不提防同来的建扯了我的衣襟一下，我不禁"呀"了一声，出窍的魂灵儿这才复了原位，我便问道："怎么？"建含笑道："你在想什么？好像进了梦境，莫非神经病发作了吗？"我被他说得也好笑起来，便一同离开神龛到后面去观光。吓！那地方更是非常热闹，有许多倩装艳服，然而脚着木屐的日本女人，在那里购买零食的也有，吃冰激凌的也有。其中还有几个西装的少女，脚上穿着长统丝袜和皮鞋——据说这是日本的新女性，也在人丛里挤来挤去，说不定是来参礼的，还是也和我们一样来看热闹的。总之，这个小小的土地庙里，在这个时候是包罗万象的。不过倘使佛有眼睛，瞧见我满脸狐疑，一定要瞪我几眼吧。

迷信——具有伟大的威权，尤其是当一个人在倒霉不得意的时候，或者在心灵失却依据徘徊歧路的时候，神明便成为人心的主宰了。我有时也曾经历过这种无归宿而想象归宿的滋味，然而这在我只像电光一瞥，不能坚持久远的。

说到这里，使我想起童年的时候——我在北平一个教会学校读书，那一个秋天，正遇着耶稣教徒的复兴会——期间是一来复。在这一来复中，每日三次大祈祷，将平日所作亏心欺人的罪恶向耶稣基督忏悔，如是，以前的一切罪恶便从此洗涤尽净——那怕你是个杀人放火的强盗，只要能悔罪便可得救，虽然是苦了倒霉钉在十字架的耶稣，然而那是上帝的旨意，叫他来舍身救世的，这是耶稣的光荣，人们的福音。——这种无私的教理，当时很能打动我弱小的心弦，我觉得耶稣太伟大了，而且法力无边，凡是人类的困苦艰难，只要求他，便一切都好了。所以当我被他们强迫的跪在礼拜堂里向上帝祈祷时——我是无情无绪地正要到梦乡去逛逛，恰巧我们的校长朱老太太颤颤巍巍走到我面前也一同跪下，并且抚着我的肩说："呵！可怜的小羊，上帝正是我们的牧羊人，你快些到他的面前去罢，他是仁爱的伟大的呵！"我听了她那热烈诚挚的声音，竟莫名其妙地怕起来了，好像受了催眠术，觉得真有这么一个上帝，在睁着眼看我呢，于是我就在那些因忏悔而痛哭的人们的哭声中流下泪来了。朱老太太更紧紧地把我搂在怀里说道："不要伤心，上帝是爱你的。只要你虔心地相信他，他无时无刻不在你的左右……"最后她又问我："你信上帝吗？……好像相信我口袋中有一块手巾吗？"我简直不懂这话的意思，不过这时我的心有些空虚，想到母亲因为我太顽皮送我到这个学校来寄宿，自然她是不喜欢我的，倘使有个上帝爱我也不错，于是就回答道："朱校长，我愿意相信上帝在我旁边。"她听了我肯皈依上帝，简直喜欢得跳了起来，一面笑着一面擦着眼泪……从此我便成了耶稣教徒了。不过那年以后，我便离开那个学校，起初还是满心不忘上帝，又过了几年，我脑中上帝的印象便和童年的天真一同失去了。最后我成了个无神论者了。

但是在今晚这样热闹的庙会中，虔诚信心的善男信女使我不知不觉生出无限的感慨，同时又勾起既往迷信上帝的一段事实，觉得大千世界的无量众生，都只是些怯弱可怜的不能自造命运的生物罢了。

在我们回来时，路上依然不少往庙会里去的人，不知不觉又联想到故国的土地庙了，唉！……

（选自《妇女杂志》1930 年第 16 卷第 12 号）

三　邻居

别了，繁华的闹市！当我们离开我们从前的住室门口的时候，恰恰是早晨七点钟。那耀眼的朝阳正照在电车线上，发出灿烂的金光，使人想象到不可忍受的闷热。而我们是搭上市外的电车，驰向那屋舍渐稀的郊野去。渐渐看见陂陀起伏的山上，林木葱茏，绿影婆娑，从竹上满缀着清晨的露珠，兀自向人闪动。一阵阵的野花香扑到脸上来，使人心神爽快。经过三十分钟，便到我们的目的地。

在许多整饬的矮墙里，几株姣艳的玫瑰迎风袅娜，经过这一带碧绿的矮墙南折，便看见那一座郁郁葱葱的松柏林，穿过树林，就是那些小巧精洁的日本式的房屋掩映于万绿丛中。微风吹拂，树影摩荡，明窗净几间，帘幔低垂，一种幽深静默的趣味，顿使人忘记这正是炎犹存的残夏呢。

我们沿着鹅卵石垒成的马路前进，走约百余步，便见斜刺里有一条窄窄的草径，两旁长满了红蓼、白荻和狗尾草，草叶上朝露未干，沾衣皆湿。草底鸣虫唧唧，清脆可听。草径尽头一带竹篱，上面攀缘着牵牛、茑萝，繁花如锦，清香醉人。就在竹篱内，有一所小小精舍，便是我们的新家了。淡黄色木质的墙壁、门窗和米黄色的地席，都是纤尘不染。我们将很简单的家具稍稍布置以后，便很安然地坐下谈天。似乎一个月以来奔波匆忙的心身，此刻才算是安定了。

但我们是怎么的没有受过操持家务的训练呵！虽是一个很简单的厨房，而在我这一切生疏的人看来，真够严重了。怎样煮饭——一碗米应放多少水，煮肉应当放些什么浇料呵！一切都不懂，只好凭想象力一件件的去尝试。这其中最大的难题是到后院井边去提水，老大的铅桶，满满一桶水真够累人的。我正在提着那亮晶晶发光的水桶不知所措的时候，忽见邻院门口走来一个身躯胖大，满面和气的日本女人——那正是我们头一次拜访的邻居胖太太——我们不知道她姓什么，可是我们赠送她这个绰号，总是很适合吧。

她走到我们面前，向我们咕哩咕噜说了几句日本话，我们是又聋又哑的外国人，简直一句也不懂，只有瞪着眼向她呆笑。后来她接过我手里的水桶，到井边满满地汲了一桶水，放在我们的新厨房里。她看见我们那些新买来的锅呀、碗呀，上面都微微沾了一点灰尘，她便自动地替我们一件一件洗干净了，又一件件安置得妥妥帖帖，然后她鞠着躬说声サヤラナラ（再见）走了。

据说这位和气的邻居，对中国人特别有感情，她曾经帮中国人作过六七年的事，并且，她曾嫁过一个中国男人……不过人们谈到她的历史的时候，都带着一种猜度的神气，自然这似乎是一个比较神秘的人儿呢，但无论如何，她是我们的好邻居呵！

她自从认识我们以后，没事便时常过来串门。她来的时候，多半是先到厨房，遇见一堆用过的锅碗放在地板上，或水桶里的水用完了，她就不用吩咐的替我们洗碗打水。有时她还拿着些泡菜、辣椒粉之类零星物件送给我们。这种出乎我们意外的热诚，不禁使我有些赧然。

当我没有到日本以前，在天津大阪公司买船票时，为了一张八扣的优待券——那是由北平日本公使馆发出来的——同那个留着小胡子的卖票员捣了许久的麻烦，最后还是拿到天津日本领事馆的公函，他们这才照办了。而买票后找钱的时候，只不过一角钱，那位含着狡狯面相的卖票员竟让我们等了半点多钟。当时我曾赌气牺牲这一角钱，头也不回地离开那里。他们这才似乎有些过不去，连忙喊住我们，从桌子的抽屉里拿出一角钱给我们。这样尖酸刻薄的行为，无处不表现岛里细民的小气。真给我一个永世不会忘记的坏印象。

及至我们上了长城丸（日本船名）时，那两个日本茶房也似乎带着些欺侮人的神气。比如开饭的时候，他们总先给日本人开，然后才轮到中国人。至于那些同渡的日本人，有几个男人嘴脸之间时时表现着夜郎自大的气概——自然也由于我国人太不争气的缘故。——那些日本女人呢，个个对于男人低首下心，柔顺如一只小羊。这虽然惹不起我们对她们的愤慨，却使我们有些伤心。“世界上最没有个性的女性呵，你们为什么情愿作男子的奴隶和傀儡呢！”我不禁大声地喊着，可惜她们不懂我的话，大约以为我是个疯子吧。

总之我对于日本人从来没有好感，豺狼虎豹怎样凶狠恶毒，你们是想象得出来的，而我也同样地想象那些日本人呢。

但是不久我便到了东京，并且在东京住了两个礼拜了。我就觉得我太没出息——心眼儿太窄狭，日本人——在我们中国横行的日本人，当然有些可恨，然而在东京我曾遇见过极和蔼忠诚的日本人，他们对我们客气，有礼貌，而且极热心地帮忙，的确的，他们对待一个异国人，实在比我们更有理智更富于同情些。至于做生意的人，无论大小买卖，都是言不二价，童叟无欺。——现在又遇到我们的邻居胖太太，那种慈和忠实的行为，更使我惭愧我的小心眼了。

我们的可爱的邻居，每天当我们煮饭的时候，她就出现在我们的厨房门口。

“奥サン（太太）要水吗?”柔和而熟习的声音每次都激动我对她的感愧。她是怎样无私的人儿呢！有一天晚上，我从街上回来，穿着一件淡青色的绸衫，因为时间已晏，忙着煮饭，也顾不得换衣服，同时又怕弄脏了绸衫，我就找了一块白包袱权作围裙，胡乱地扎在身上，当然这是有些不舒服的。正在这时候，我们的邻居来了。她见了我这种怪样，连忙跑到她自己房里，拿出一件她穿着过于窄小的白围裙送给我，她说：“我现在胖了，不能穿这围裙，送给你很好。”她说时，就亲自替我穿上，前后端详了一阵，含笑学着中国话道："很好！很好！"

她胖大的身影，穿过遮住前面房屋的树丛，渐渐地看不见了。而我手里拿着炒菜的勺子，竟怔怔地如同失了魂。唉！我接受了她的礼物，竟忘记向她道谢，只因我接受了她的比衣服更可宝贵的仁爱，将我惊吓住了。我深自忏悔，我知道世界上的人类除了一部分为利欲所沉溺的以外，都有着丰富的同情和纯洁的友谊，人类的大部分毕竟是可爱的呵！

我们的邻居，她再也想不到她在一些琐碎的小事中给了我偌大的启示吧。愿以我的至诚向她祝福！

（选自《妇女杂志》1930年第16卷第12号）

四　沐浴

说到人，有时真是个怪神秘的动物，总喜欢遮遮掩掩，不大愿意露真相；尤其是女人，无时无刻不戴假面具，不管老少肥瘠，脸上需要脂粉的涂抹，身上需要衣服的装扮，所以要想赏鉴人体美，是很不容易的。

有些艺术团体，因为画图需要模特儿，不但要花钱，而且还找不到好的——多半是些贫穷的妇女，看白花花的洋钱面上，才不惜向人间现示色相，而她们那种不自然的姿势和被物质压迫的苦相，常常给看的人一种恶感，什么人体美，简直是怪肉麻的丑像。

至于那些上流社会的小姐太太们，若是要想从她们里面发见人体美，只有从细纱软绸中隐约的曲线里去想象了。在西洋有时还可以看见半裸体的舞女，然而那个也还有些人工的装点，说不上赤裸裸的。至于我们礼教森严的中国，那就更不用提了。明明是曲线丰富的女人身体，而束腰扎胸，把个人弄得成了泥塑木雕的偶像了。

所以我从来也不曾梦想赏鉴各式各样的人体美。

但是，当我来到东京的第二天，那时正是炎热的盛夏，全身被汗水沸湿，加之在船上闷上好几天，这时要是不洗澡，简直不能忍受下去。然而说到洗澡，不由得我蹙起双眉，为难起来。

洗澡，本是平常已极的事情，何至于如此严重？然而日本人的习惯有些别致。男人女人对于身体的秘密性简直没有。在大街上，可以看见穿着极薄极短的衫裤的男人和赤足的女人。有时从玻璃窗内可以看见赤身露体的女人，若无其事似的，向街上过路的人们注视。

他们的洗澡堂，男女都在一处，虽然当中有一堵板壁隔断了，然而许多女人脱得赤条条的在一个汤池里沐浴，这在我却真是有生以来破题儿第一遭的经验。这不能算不是一个大难关吧。

“去洗澡吧，天气真热！”我首先焦急着这么提议。好吧，拿了澡布，大家预备走的时候，我不由得又踌躇起来。

“呵，陈先生，难道日本就没有单间的洗澡房吗？”我向领导我们的陈先生问了。

“有，可是必须到大旅馆去开个房间，那里有西式盆汤，不过每次总要三四元呢。”

“三四元！”我惊奇地喊着，“这除非是资本家，我们哪里洗得起。算了，还是去洗公共盆汤吧。”

陈先生在我决定去向以后，便用安慰似的口吻向我道，“不要紧的，我们初来时也觉着不惯，现在也好了。而且非常便宜，每人只用五分钱。”

我们一路谈着，没有多远就到了。他们进了左边门的男汤池去。我呢，也只得推开女汤池这边的。呵，真是奇观，十几个女人，都是一丝不挂地在屋里。我一面脱鞋，一面踌躇，但是既到了这里，又不能作唐明皇光着眼看杨太真沐浴，只得勉强脱了上身的衣服，然后慢慢地脱衬裙袜子……先后总费了五分钟，这才都脱完了。急忙拿着一块大的洗澡毛巾，连遮带掩地跳进温热的汤池里，深深地沉在里面，只露出一个头来。差不多泡了一刻钟，这才出来，找定了一个角落，用肥皂乱擦了一遍，又跳到池子里洗了洗，就算完事大吉。等到把衣服穿起时，我不禁嘘了一口长气，严紧的心脉才渐渐的舒畅了。于是悠然自得地慢慢穿袜子。同时抬眼看着那些浴罢微带娇慵的女人们，她们是多么自然的，对着亮晶晶的壁镜理发擦脸，抹粉涂脂，这时候她们依然是一丝不挂，并且她们忽而起立，忽而坐下，忽而一条腿竖起来半跪着，各式各样的姿势，无不运用自如。我在旁边竟得饱览无余。这时我觉得人体美有时候真值得歌颂——那细腻的皮肤，丰美的曲线，圆润的足趾，无处不表现着天然的艺术。不过有几个鸡皮鹤发的老太婆，满身都是瘪皱的，那还是披上一件衣服遮丑些。

我一面赏鉴，一面已将袜子穿好，总不好意思再坐着呆看，只得拿了毛巾和换下来的衣服，离开这显示女人色相的地方了。

在回家的路上，我的神经似乎有些兴奋，我想到人间种种的束缚，种种的虚伪，据说这些是历来的圣人给我们的礼赐——尤其严重的是男女之大防，然而日本人似乎是个例外。究竟谁是更幸福些呢？

（选自《妇女杂志》1930 年第 16 卷第 12 号）

五　樱花树头

春天到了，人人都兴高采烈盼望看樱花，尤其是一个初到日本留学的青年，他们更是渴慕着名闻世界的蓬莱樱花，那红艳如天际火云，灿烂如黄昏晚霞的色泽真足使人迷恋呢。

在一个黄昏里，那位丰姿翩翩的青年，抱着书包，懒洋洋地走回寓所，正在门口脱鞋的时候，只见那位房东西川老太婆接了出来，行了一叩首的敬礼后便说道：“陈様（日本对人之尊称）回来了，楼上有位客人在等候你呢!”那位青年陈様应了一声，便匆匆跑上楼去，果见有一人坐在矮几旁翻《东方杂志》呢，听见陈様的脚步声便回过头叫道：

“老陈！今天回来得怎么这样晚呀?”

“老张，你几时来的？我今天因为和一个朋友打了两盘球，所以回来迟些。有什么事？我们有好久不见了。”

那位老张是个矮胖子，说话有点土腔，他用劲地说道：

“没有……什么大事……只是……现在天气很——好！樱花有的都开了，昨天一个日本朋友——提起来，你大概也认得——就是长泽一郎，他家里有两棵大樱花已开得很好……他请我们明天一早到他家里去看花，你去不?”

“哦，这么一回事呀！那当然奉陪。”

老张跟着又嘻嘻笑道：“他家还有……很好看的漂亮姑娘呢!”

“你这个东西，真太不正经了。”老陈说。

“怎么太不正经呀!”老张满脸正色地说。

“得了！得了！那是人家的女眷，你开什么玩笑，不怕长泽一郎恼你!”老陈又说。

老张露着轻薄的神色笑道：

“日本的女儿，生来就是替男人开……心的呀！在他们德川时代，哪一个将军不是把酒与女人看成两件消遣品呢？你不要发痴了，要想替日本女人树贞节坊，那真是太开玩笑了!”

老陈一面蹙眉一面摇头道：“咳！这是怎么说，老张简直愈变愈下流了……正经地说吧，明天我们怎么样去法?”

老张眯着眼想了想道：“明早七点钟我来找你同去好了。”

“好吧!”老陈道,“你今天在这里吃晚饭吧!”

“不!”老张站起来说,“我还要去……看一个朋友……不打搅你了,明天会吧!”

“明天会!”老陈把老张送到门口回来,吃了晚饭,看了几页书,又写了两封家信就去睡了。

第二天七点钟时,老张果然跑来了。他们穿好衣服便一同到长泽一郎家里去,走到门口已看见两棵大樱花树,高出墙头,那上面花蕊异常稠密,现在只开了一小部分,但是已经很动人了。他们敲了两下门,长泽一郎已迎了出来,请他们在一间六铺席的客堂里坐下。不久,有一个十四五岁的女郎托着一个花漆的茶盘,里面放着三盏新茶,中间还有一把细瓷的小巧茶壶放在他们围坐着的那张小矮几上,一面恭恭敬敬地说了一声:“诸位请用茶。”那声音娇柔极了,不禁使老陈抬起头来,只见那女孩头上盘着松松的坠马髻,一张长圆形的脸上,安置着一个端正小巧的鼻子,鼻梁两旁一双日本人特有的水秀细长的眼睛,两片如花瓣的唇含着驯良的微笑——老陈心里暗暗地想道“这个女孩倒不错”,只因初次见面不好意思有什么表示。但是老张却张大了眼睛,看着那女孩嘻嘻地笑道:“呵!这位贵娘的相貌真漂亮!”

长泽一郎道:“多谢张様夸奖,这是我的小舍妹,今年才十四岁,年纪还小呢,她还有一个阿姊比她大四岁……”长泽一郎得意扬扬地夸说他的妹子,同时又看了陈様一眼,向老张笑了笑。老张便向他挤眉弄眼地暗传消息。

长泽一郎敬过茶后便站起来道:“我们可以到外面去看樱花吧!”

他们三个一同到了长泽一郎的小花园里,那是一个颇小而布置得有趣的花园:有玫瑰茶花的小花畦,在花畦旁还有几块假山石。长泽一郎同老张走到假山后面去了,这里只剩下老陈。他站在樱花树下,仰着头向上看时,只听见一阵推开玻璃窗的声音,跟着楼窗旁露出一个十八九岁少女的艳影。她身上穿着一件淡绿色大花朵的和服，腰间系了一根藕荷色的带子，背上背着一个绣花包袱，那面庞儿和适才看见的那个小女孩有些相像，但是比她更艳丽些。有一枝樱花正伸在玻璃窗旁，那女郎便伸出纤细而白嫩的手摘了一朵半开的樱花，放在鼻旁嗅了嗅，同时低头向老陈嫣然一笑。这真使老陈受宠若惊，连忙低下头装作没理会般。但是觉得那一霎那的印象竟一时抹不掉，不由自主地又抬起头来，而那个捻花微笑的女孩似乎害羞了，别转头去吃吃的笑，这些做作更使老陈灵魂儿飞上半天去了。不过老陈是一个很有操守的青年，而且他去年暑假才同他的爱人结婚——这一个诱惑其势来得太凶，使老陈不敢兜揽，赶紧悬崖勒马，离开这小危险的处所，去找老张他们。

走到假山后，正见他们两人坐在一张长凳上，见他来了，长泽一郎连忙站起来让座，一面含笑说道："陈様看过樱花了吗？觉得怎么样?"

老陈应道："果然很美丽，尤其远看更好，不过没有梅花香味浓厚。"

"是的，樱花的好看只在它那如荼如火的富丽，再过几天我们可以到上野公园去看，那里樱花非常多，要是都开了，倒很有看头呢。"长泽一郎非常热烈地说着。

"那么很好，哪一天先生有工夫，我们再来相约吧。我们打搅了一早晨，现在可要告别了。"

"陈様事情很忙吧！那么我们再会吧！"

"再会!"老张老陈说着就离开了长泽一郎家里。在路上的时候，老张嬉皮笑脸地向老陈说道：

"名花美人两争艳，到底是那一个更动心些呢?"老陈被他这一奚落不觉红了脸道："你满嘴里胡说些什么?"

"得了！别装腔吧！适才我们走出门的时候，还看见人家美目流盼地在送你呢！你念过词没有——‘若问行人去哪边，眉眼盈盈处’。真算是为你们写真了。”

老陈急得连颈都红了道：“你真是无中生有，越说越离奇，我现在还要到图书馆去，没工夫和你斗口，改日闲了，再同你慢慢地算账呢!”

“好吧！改天我也正要和你谈谈呢，那么这就分手——好好地当心你的桃花运!”老张狡狯地笑着往另一条路上去了。老陈就到图书馆里看了两点多钟的书，在外面吃过午饭后才回到寓所。正好他的妻子的信到了，他非常高兴拆开读后，便急急地写回信。写到正中，忽然间停住笔，早晨那一出剧景又浮上在心头，但是最后他只归罪于老张的爱开玩笑，一切都只是偶然的值不得什么。这么一想，他的心才安定下来，把其余的半封信续完，又看了些时候的书，就把这天混过去了。第二天是星期一，老早便起来到学校去，走到半路的时候，他忽然想起他到学校去的那条路是要经过长泽一郎的门口的。当他走到长泽一郎家的围墙时，那两棵樱花树枝在温暖的春风里微微向他点头，似乎在说“早安呵，先生”！这不禁使他站着了。正在这时候，那楼窗上又露出一张熟识的女郎笑靥来，那女郎向他微微点着头，同时伸手折了一枝盛开的樱花含笑地扔了下来，正掉在老陈的脚旁，老陈踌躇了一下，便捡了起来说了一声“谢谢”，又急急地走了。隐隐还听见女郎关玻璃窗的声音。老陈一路走一路捉摸，这果真是偶然吗？但是怎么这样巧，有意吗？太唐突人了。不过老张曾说过日本女人是特别驯良，也是特别没有身份的，也许是有意吧？管她呢，有意也罢，无意也罢，纵使“小姑居处本无郎”，而“使君自有妇”……或者是我神经过敏，那倒冤枉了人家，不过魔由自招，我明天以后换条路走好了。

过了三四天，老张又来找他，一进门便嚷道：

“老陈！你真是红鸾星照命呵，恭喜恭喜!”

“喂！老张，你真没来由，我那里又有什么红鸾星照命，你不知道我已经结过婚吗?”

“自然！你结婚的时候还请我喝过喜酒，我无论如何不会把这件事忘了，可是谁叫你长得这么漂亮，人家一定要打你的主意，再三央告我做个媒，你想我受人之托怎好不忠人之事呢！”

“难道你不会告诉他我已经结过婚了吗?”老陈焦急地说。

“唉！我怎么没说过啊，不过人家说你们中国人有的是三房四妾，结过婚，再结一个又有什么要紧。只要分开两处住，不是也很好的吗?”老张说了这一番话，老陈更有些不耐烦了，便道：“老张，您这个人的思想竟是越来越落伍，这个三妻四妾的风气还应当保持到我们这种时代来吗? 难道你还主张不要爱情的婚姻吗? 你知道爱情是要有专一的美德的啊！”

“老陈，你慢慢的，先别急得脸红筋暴，做媒只管作，允不允还在你。其实我早就知道这事一定是碰钉子的，不过我要你相信我一向的话——日本女人是太没个性，没身份的，你总以为我刻薄，就拿你这回事说吧，长泽一郎为什么要请你看樱花，就是想叫你和他的妹妹见面。他很知道青年人是最易动情的，所以他让他妹妹向你卖尽风情，要使这婚事易于成功……”

“哦！原来如此啊！怪道呢！……”

“你现在明白了吧！”老张插言道，“日本人家里只要有女儿，他便逢人就宣传这个女儿怎样漂亮，怎样贤惠，好像买卖人宣传他的货品一样，惟恐销不出去。尤其是他们觉得嫁给中国留学生是一个最好的机会，因为留学生家里多半有钱，而且将来回国后很容易得到相当的地位，并且中国女人也比较自由舒服。有了这些优点，他情愿把女儿给中国人作妾，而不愿为本国人的妻。所以留学生不和日本女人发生关系的可以说是很难得，而他们对于女人的贞操又根本没有这个观念。日本女人的性的解放在世界上可算首屈一指了，并且和她们发生关系之后，只要不生小孩，你便可以一点责任不负地走开，而那个女孩依然可以光明正大地嫁人。其实呢，讲到贞操本应男女两方面共同遵守才公平。如像我们中国人，专责备女人的贞操而男子眠花宿柳养情妇都不足为怪，倘使那个女孩失去处女的贞洁便终身要为人所轻视，再休想抬头，这种残酷的不平等的习惯当然应当打破。不过像日本女人那样毫没有处女神圣的情感和尊严，也是太可怕的。唷！我是来做媒的，谁知道打开话匣子便不知说到那里去了。怎么样，你是绝对否认的，是不是？”

“当然否认！那还成问题吗？”

“那么我的喜酒是喝不成了。好吧，让我给他一个回话，免得人家盼望着。”

“对了！你快些去吧！”

老张走后，老陈独自睡在地席上看着玻璃窗上静默的阳光，不禁把这件出乎意料的滑稽剧从头到尾想了一遍，心头不免有些不痛快。女权的学说尽管像海潮般涌了起来，其实只是为人类的历史装着好看的幌子，谁曾受到实惠？——尤其是日本女人，到如今还只幽囚在十八层的地狱里呵！难怪社会永远呈露着畸形的病态了！……

（选自《妇女杂志》1931年第17卷第5号）

六 那个怯弱的女人

我们隔壁的那所房子，已经空了六七天了。当我们每天打开窗子晒阳光时，总有意无意地往隔壁看看。有时我们并且讨论到未来的邻居，自然我们希望有中国人来住，似乎可以壮些胆子，同时也热闹些。

在一天的下午，我们正坐在窗前读小说，忽见一个将近三十岁的男子经过我们的窗口，到后边去找那位古铜色面容而身体胖大的女仆说道：

“哦！大婶，那所房子每月要多少房租啊？”

“先生，你说是那临街的第二家吗？每月十六元。”

“是的，十六元，倒不贵，房主人在这里住吗？”

“你看那所有着绿顶白色墙的房子，便是房主人的家，不过他们现在都出去了。让我引你去看看吧！”

那个男人同着女仆看过以后，便回去了。那女仆经过我们的窗口，我不觉好奇地问道：“方才租房子的那个男人是谁？日本人吗？”

“哦！是中国人，姓柯……他们夫妇两个……”

“他们已决定搬来吗？”

“是的，他们明天下午就搬来了。”

我不禁向建微笑道：“是中国人多好呵！真的，从前在国内时，我不觉得中国人可爱，可是到了这里，我真渴望多看见几个中国人！……”

“对了！我也有这个感想。不知怎么的他们那副轻视的狡猾的眼光，使人看了再也不会舒服。”

“但是，建，那个中国人的样子，也不很可爱呢，尤其是他那撅起的一张嘴唇，和两颊上的横肉，使我有点害怕。倘使是那位温和的陈先生搬来住，又是多么好！建，我真感觉得此地的朋友太少了，是不是？”

“不错！我们这里简直没有什么朋友，不过慢慢地自然就会有的，比如隔壁那家将来一定可以成为我们的朋友！……”

“建，不知他的太太是哪一种人？我希望她和我们谈得来。”

“对了！不知道他的太太又是什么样子？不过明天下午就可以见到了。”

说到这里，建依旧用心看他的小说；我呢，只是望着前面绿森森的丛林，幻想这未来的邻居。但是那些太没有事实的根据了，至终也不曾有一个明了的模型在我脑子里。

第二天的下午，他们果然搬来了，汽车夫扛着沉重的箱笼，喘着放在地席上，发出些许的呼声。此外还有两个男人说话和布置东西的声音，但是还不曾听见有女人的声音。我悄悄从竹篱缝里望过去，只看见那个姓柯的男人，身上穿了一件灰色的绒布衬衫，鼻梁上架了一副罗克式的眼镜，额前的头发蓬蓬的盖到眼皮，他不时用手往上梳掠，那嘴唇依然撅着，两颊上一道道的横肉，依然惹人害怕。

“建，奇怪，怎么他的太太还不来呢?”我转回房里对建这样说。建正在看书，似乎不很注意我的话，只“哦”了声道：“还没来吗?”

我见建的神气是不愿意我打搅他，便独自走开了。藉口晒太阳，我便坐到窗口，正对着隔壁那面的竹篱笆。我只怔怔地盼望柯太太快来。不久，居然看见门前走进一个二十多岁的少妇，穿着一件紫色地子上面有花条的短旗袍，脚上穿的是一双黑色高跟皮鞋，剪了发，向两边分梳着。身是很矮小，脸子也长得平常，不过比柯先生要算强点。她手里提了一个白花布的包袱，走了进来。她的影子在我眼前擦过去以后，陡然有个很强烈的印象粘在我的脑膜上，一时也抹不掉。——这便是她那双不自然的脚峰，和她那种移动呆板直撅的步法，仿佛是一个装着高脚走路的，木硬无生气。这真够使人不痛快。同时在她那脸上，近俗而简单的表情里，证明她只是一个平凡得可以的女人，很难引起谁对她发生什么好感，我这时真是非常地扫兴!

建，他现在放下书走过来了。他含笑说：

“隐，你在思索什么？……隔壁的那个女人来了吗?”

“来是来了，但是呵……”

“但是怎么样？是不是样子很难惹？还是过分的俗不可耐呢？”

我摇头应道：“难惹倒不见得，也许还是一个老好人。然而离我的想象太远了，我相信我永不会喜欢她的。真的！建，你相信吗？我有一种可以自傲的本领，我能在见任何人的第一面时，便已料定那人和我将来的友谊是怎样的。我举不出什么了不起的理由，不过最后事实总可以证明我的直觉是对的。”

建听了我的话，不回答什么，只笑笑，仍回到他自己的屋子里去了。

我的心怏怏的，有一点思乡病。我想只要我能回到那些说得来的朋友面前，便满足了。我不需要更认识什么新朋友，邻居与我何干？我再也不愿关心这新来的一对，仿佛那房子还是空着呢！

几天平平安安的日子过去了。大家倒能各自满意。忽然有一天，大约是星期一吧，我因为星期日去看朋友，回来很迟；半夜里肚子疼起来，星期一早晨便没有起床。建为了要买些东西，到市内去了。家里只剩我独自一个，静悄悄的正是好睡。陡然一个大闹声，把我从梦里惊醒，竟自出了一身冷汗。我正在心跳着呢，那闹声又起来了。先是砰磅砰磅的响，仿佛两个东西在扑跌；后来就听见一个人被捶击的声音，同时有女人尖锐的哭喊声：

“哎唷！你打死人了！打死人了！”

呀！这是怎样可怕的一个暴动呢？我的心更跳得急，汗珠儿沿着两颊流下来，全身打颤。我想，“打人……打死人了”！唉！这是多么严重的事情？然而我没有胆量目击这个野蛮的举动。但隔壁女人的哭喊声更加凄厉了。怎么办呢？我听出是那个柯先生在打他矮小的妻了。不问谁是有理，但是女人总打不过男人，我不觉有些愤怒了。大声叫道：“野蛮的东西！住手！在这里打女人，太不顾国家体面了呀！……”但是他们的打闹哭喊声竟压过我这微弱的呼喊。

我正在想从被里跳起来的时候，建正好回来了。我便叫道：“隔壁在打架，你快去看看吧！”建一面踌躇，一面自言自语道：“这算是干什么的呢？”我不理他，又接着催道：“你快去呀！你听，那女人又在哭喊‘打死人了’……”建被我再三催促，只得应道：“我到后面找那个女仆一同去吧！我也是奈何不了他们。”

不久就听见那个老女仆的声音道：“柯様！这是为什么？不能，不能，你不可以这样打你的太太！”捶击的声音停了，只有那女人呜咽悲凉地高声哭着。后来仿佛听见建在劝解柯先生，——叫柯先生到外面散散步去。——他们两人走了。那女人依然不住声地哭。这时那女仆走到我们这边来了，她满面不平地道：“柯様不对！……他的太太真可怜！……你们中国也是随便打自己的妻子吗？”

“不！”我含羞的说道，“这不是中国上等人能做出来的行为，他大约是疯子吧！”老女仆叹息着走了。

隔壁的哭声依然继续着，使得我又烦躁又苦闷。掀开棉被，坐起来，披上一件大衣，把头发拢拢，就跑到隔壁去。只见那位柯太太睡在四铺地席的屋里，身上盖着一床红绿道的花棉被，两泪交流地哭着。我坐在她身旁劝道：“柯太太，不要伤心了！你们夫妻间有什么不了的事呢？”

“哎唷！黄様，你不知道，我真是一个苦命的人呵！我的历史太悲惨了，你们是写小说的人，请你们替我写写。哎！我是被人骗了哟！”

她无头无尾地说了这一套，我简直如堕入五里雾中，只怔怔地望着她，后来我就问她道：

“难道你家里没有人吗？怎么他们不给你做主？”

“唉！黄様，我家里有父亲，母亲，还有哥哥嫂嫂，人是很多的。不过这其中有一个缘故，就是我小的时候我父亲替我定下了亲，那是我们县里一个土财主的独子。他有钱，又是独子，所以他的父母不免太纵容了他，从小就不好生读书，到大了更是吃喝嫖赌不成材料。那时候我正在中学读书，知识一天一天多了，渐渐对于这种婚姻不满意。到我中学毕业的时候，我就打算到外面来升学。同时我非常不满意我的婚姻，要请求取消婚约。而我父亲认为这个婚姻对于我是很幸福的，就极力反对。后来我的两个堂房侄儿，他们都是受过新思潮洗礼的，对于我这种提议倒非常表同情，并且答应帮助我。不久他们到日本来留学，我也就随后来了。那时日本的生活，比现在低得多，所以他们每月帮我三四十块钱，我倒也能安心读书。

“但是不久我的两个侄儿都不在东京了。一个回国服务，一个到九州进学校去了。只剩下我一个人在东京，那时我是住在女生寄宿舍里。当我侄儿临走的时候，他便托付了一位同乡照应我，就是柯先生，所以我们便常常见面，并且我有什么疑难事，总是去请教他，请他帮忙，而他也非常殷勤地照顾我。唉！黄槎！你想我一个天真烂漫的女孩，那里有什么经验？那里猜到人心是那样险诈？……

“在我们认识了几个月之后，一天，他到寄宿舍来看我，并且约我到井之头公园去玩。我想同个朋友出去逛逛公园，也是很平常的事，没有理由拒绝人家，所以我就和他同去了。我们在井之头公园的森林里的长椅上坐下，那里是非常寂静，没有什么游人来往，而柯先生就在这种时候开始向我表示他对我的爱情。——唉！说的那些肉麻话，到现在想来，真要脸红。但在那个时候，我纯洁的童心里是分别不出什么的，只觉得承他这样的热爱，是应当有所还报的。当他要求和我接吻时，我就对他说：‘我一个人跑到日本来读书，现在学业还没有成就，哪能提到婚姻上去？即使要提到这个问题，也还要我慢慢想一想；就是你，也应当仔细思索思索。’他听了这话，就说道：‘我们认识已经半年了，我认为对你已十分了解，难道你还不了解我吗？……’那时他仍然要求和我接吻，我说你一定要吻就吻我的手吧；而他还是坚持不肯。唉，你想我一个弱女子，怎么强得过他，最后是被他占了胜利。从此以后，他向我追求得更加厉害。又过了几天，他约我到日光去看瀑布，我就问他：‘当天可以回来吗？’他说：‘可以的。’因此我毫不迟疑的便同他去了。谁知在日光玩到将近黄昏时，他还是不肯回来，看看天都快黑了，他才说：‘现在已没有火车了，我们只好在这里过夜吧！’我当时不免埋怨他，但他却作出种种哀求可怜的样子，并且说，倘使我再拒绝他的爱，他立即跳下瀑布去。唉！这些恐吓欺骗的话，当时我都认为是爱情的保障，后来我就说：‘我就算答应你，也应当经过正当的手续呵！’他于是就发表他对于婚姻制度的意见，极力毁诋婚姻制度的坏习，结局他就提议我们只要两情相爱，随时可以营共同生活。我就说：‘倘使你将来负了我呢？’他听了这话立即发誓赌咒，并且还要到铁铺里去买两把钢刀，各人拿一把，倘使将来谁背叛了爱情，就用这刀取掉谁的生命。我见这种信誓旦旦的热烈情形，简直不能再有所反对了。我就说：‘只要你是真心爱我，那倒用不着要刀弄枪的，不必买了吧！’他说，‘只要你允许了我，我就一切遵命。’

“这一夜我们就找了一家旅馆住下，在那里我们私自结了婚。我处女的尊严，和未来的光明，就在沉醉的一霎那中失掉了。

“唉！黄樣……”

柯太太述说到这里，又禁不住哭了。她呜咽着说：“从那夜以后，我便在泪中过日子了！因为当我同他从日光回来的时候，他仍叫我回女生寄宿舍去，我就反对他说：‘那不能够，我们既已结了婚，我就不能再回寄宿舍去过那含愧疚心的生活。’他听了这话，就变了脸说：‘你知道我只是一个学生，虽然每月有七八十元的官费，但我还须供给我兄弟的费用。’在这种情形之下，我不免气愤道：‘柯泰南，你是个男子汉，娶了妻子能不负养活的责任吗？当时求婚的时候，你不是说我以后的一切事都由你负责吗？’他被我问得无言可答，便拿起帽子走了，一去三四天不回来，后来由他的朋友出来调停，才约定在他没有毕业的时期，我们的家庭经济由两方彼此分担——在那时节我侄儿还每月寄钱来，所以我也就应允了。在这种条件之下，我们便组织了家庭。唉！这只是变形的人间地狱呵，在我们私自结婚的三个月后，我家里知道这事，就写信给我，叫我和柯泰南非履行结婚的手续不可。同时又寄了一笔款作为结婚时的费用，由我的侄儿亲自来和柯办交涉。柯被迫无法，才勉强行过结婚礼。在这事发生以后，他对我更坏了。先是骂，后来便打起来了。哎！我头一个小孩怎么死的呵？就是因为在我怀孕八个月的时候，他把我打掉了的。现在我又已怀孕两个月了，他又是这样将我毒打。你看我手臂上的伤痕！"

柯太太说到这里，果然将那紫红的手臂伸给我看。我禁不住一阵心酸，也陪她哭起来。而她还在继续的说道："唉！还有多少的苦楚，我实在没心肠细说。你们看了今天的情形，也可以推想到的。总之，柯泰南的心太毒，到现在我才明白了，他并不是真心想同我结婚，只不过拿我耍耍罢了！"

"既是这样，你何以不自己想办法呢？"我这样对她说了。

她哭道："可怜我自己一个钱也没有！"

我就更进一步的对她说道："你是不是真觉得这种生活再不能维持下去？"

她说："你想他这种狠毒，我又怎么能和他相处到老？"

"那么，我可要说一句不客气的话了，"我说，"你既是在国内受过相当的教育，自谋生计当然也不是绝对不可能，你就应当为了你自身的幸福，和中国女权的前途，具绝大的勇气，和这恶魔的环境奋斗，干脆找个出路。"

她似乎被我的话感动了，她说："是的，我也这样想过，我还有一个堂房的姊姊，她在京都，我想明天先到京都去，然后再和柯泰南慢慢的说话！"

我握住她的手道："对了！你这个办法很好！在现在的时代，一个受教育有自活能力的女人，再去忍受从前那种无可奈何的侮辱，那真太没出息了。我想你也不是没有思想的女人，纵使离婚又有什么关系？倘使你是决定了，有什么用着我帮忙的地方，我当尽力！……"

说到这里，建和柯泰南由外面散步回来了。我不便再说下去，就告辞走了。

这一天下午，我看见柯太太独自出去了，直到夜深才回来。第二天我趁柯泰南不在家时，走过去看她，果然看见地席上摆着捆好的行李和箱笼，我就问道："你吃了饭吗？"

她说："吃过了，早晨剩的一碗粥，我随便吃了几口。唉！气得我也不想吃什么！"

我说："你也用不着自己戕贼身体，好好的实行你的主张便了。你几时走？"

她正伏在桌上写行李上的小牌子，听见我问她，便抬头答道："我打算明天乘早车走。"

"你有路费吗？"我问她。

"有了，从这里到京都用不了多少钱，我身上还有十来块钱。"

"希望你此后好好努力自己的事业，开辟一个新前途，并希望我们能常通消息。"我对她说到这里，只见有一个男人来找她——那是柯泰南的朋友，他听见他们夫妻决裂，特来慰问的。我知道再在那里不便，就辞了回来。

第二天我同建去看一个朋友，回来的时候，已经下午七点了。走过隔壁房子的门外，忽听有四五个人在谈话，而那个捆好了行李，决定今早到京都去的柯太太，也还是谈话会中之一员。我不免低声对建说："奇怪，她今天怎么又不走了？"

建说："一定他们又讲和了！"

"我可不能相信有这样的事！并不是两个小孩子吵一顿嘴，隔了会儿又好了！"我反对建的话。但是建冷笑道："女孩儿有什么胆量？有什么独立性？并且说实在话，男人离婚再结婚还可以找到很好的女子，女人要是离婚再嫁可就难了！"

建的话何尝不是实情，不过当时我总不服气，我说："从前也许是这样，可是现在的时代不是从前的时代呵！纵使一辈子独身，也没有什么关系，总强似受这种的活罪。哼！我不瞒你说，要是我，宁愿给人家去当一个佣人，却不甘心受他的这种凌辱而求得一碗饭吃。"

"你是一个例外。倘使她也像你这么有志气，也不至于被人那样欺负了。"

"得了，不说吧！"我拦住建的话道，"我们且去听听他们开的什么谈判。"

似乎是柯先生的声音，说道："要叫我想办法，第一种就是我们干脆离婚。第二种就是她暂时回国去，每月生活费，由我寄日金廿元，直到她分娩两个月以后为止。至于以后的问题，到那时候再从长计议。第三种就是仍旧维持现在的样子，同住下去，不过有一个条件，我的经济状况只是如此，我不能有丰富的供给，因此她不许和我麻烦。这三种办法随她选一种好了。"

但是没有听见柯太太回答什么，都是另外诸个男人的声音，说道："离婚这种办法，我认为你们还不到这地步。照我的意思，还是第二种比较稳当些。因为现在你们的感情虽不好，也许将来会好，所以暂时隔离，未尝没有益处，不知柯太太的意思以为怎样？……"

"你们既然这样说，我就先回国好了。只是盘费至少要一百多块钱才能到家，这要他替我筹出来。"

这是柯太太的声音，我不禁哎了一声。建接着说："是不是女人没有独立性？她现在是让步了，也许将来更让一步，依旧含着苦痛生活下去呢！……”

我也不敢多说什么了，因为我也实在不敢相信柯太太作得出非常的举动来，我只得自己解嘲道：“管她三七二十一，真是吹皱一池春水，干卿底事？……我们去睡了吧。”

他们的谈判直到夜深才散。第二天我见着柯太太，我真有些气不过，不免讥讽她道：“怎么昨天没有走成呢？柯太太，我还认为你已到了京都呢！”她被我这么一问，不免红着脸说：“我已定规月底走！……”

“哦，月底走！对了，一切的事情都得慢慢的预备，是不是？”

她真羞得抬不起头来，我心想饶了她吧，这只是一个怯弱的女人罢了。

果然建的话真应验了，已经过了两个多月，她还依然没走。“唉！这种女性！”我最后发出这样叹息了，建却含着胜利的笑。……

（选自《妇女杂志》1931年第17卷第6号）

七　柳岛之一瞥

我到东京以后，每天除了上日文课以外，其余的时间多半花在漫游上。并不是一定自命作家，到处采风问俗，只是为了满足我的好奇心；同时又因为我最近的三四年里，困守在旧都的灰城中，生活太单调，难得有东来的机会，来了自然要尽量的享受了。

人间有许多秘密的生活，我常抱有采取各种秘密的野心。但据我想象最秘密而且最足以引起我好奇心的，莫过于娼妓的生活。自然这是因为我没有逛妓女的资格，在那些惯于章台走马的王孙公子们看来，那又算得什么呢？

在国内时，我就常常梦想：那一天化装成男子，到妓馆去看看她们轻颦浅笑的态度，和纸迷金醉的生活，也许可以从那里发见些新的人生。不过，我的身材太矮小，装男子不够格，又因为中国社会太顽固，不幸被人们发见，不一定疑神疑鬼的加上些什么不堪的推测。我存了这个怀惧，绝对不敢轻试。——在日本的漫游中，我又想起这些有趣的探求来。有一天早晨，正是星期日，补习日文的先生有事不来上课，我同建坐在六铺席的书房间。秋天可爱的太阳，晒在我们微感凉意的身上，我们非常舒适的看着窗外的风景。在这个时候，那位喜欢游逛的陆先生从后面房子里出来，他两手插在磨光了的斜纹布的裤袋里，拖着木屐，走近我们书屋的窗户外，向我们用日语问了早安，并且说道："今天天气太好了，你们又打算到那里去玩吗？"

"对了，我们很想出去，不过这附近的几处名胜，我们都走遍了，最好再发现些新的；陆様，请你替我们作领导，好不好？"建回答说。

陆様哦了一声，随即仰起头来，向那经验丰富的脑子里，搜寻所谓好玩的地方，而我忽然心里一动，便提议道："陆様，你带我们去看看日本娼妓生活吧！"

"好呀！"他说，"不过她们非到四点钟以后是不作生意的，现在去太早了。"

"那不要紧，我们先到郊外散步，回来吃午饭，等到三点钟再由家里出发，不就正合适了吗？"我说。建听见我这话，他似乎有些诧异，他不说什么，只悄悄的瞟了我一眼。我不禁说道："怎么，建，你觉得我去不好吗？"建还不曾回答，而陆様先说道："那有什么关系，你们写小说的人，什么地方都应当去看看才好。"建微笑道："我并没有反对什么，她自己神经过敏了！"我们听了这话也只好一笑算了。

午饭后，我换了一件西式的短裙和薄绸的上衣，外面罩上一件西式的夹大衣，我不愿意使她们认出我是中国人。日本近代的新妇女，多半是穿西装的。我这样一打扮，她们绝对看不出我本来的面目。同时，陆様也穿上他那件蓝地白花点的和服，更可以混充日本人了。据陆様说日本上等的官妓，多半是在新宿这一带，但她们那里门禁森严，女人不容易进去。不如到柳岛去。那里虽是下等娼妓的聚合所，但要看她们生活的黑暗面，还是那里看得逼真些。我们都同意到柳岛去。我的手表上的短针正指在三点钟的时候，我们就从家里出发，到市外电车站搭车——柳岛离我们的住所很远。我们坐了一段市外电车，到新宿又换了两次的市内电车才到柳岛。那地方似乎是东京最冷落的所在，当电车停在最后一站——柳岛驿——的时候，我们便下了车。当前有一座白石的桥梁，我们经过石桥，沿着荒凉的河边前进，远远看见几根高矗云霄的烟筒，据说那便是纱厂。在河边接连都是些简陋的房屋，多半是工人们的住家。那时候时间还早，工人们都不曾下工。街上冷冷落落的只有几个下女般的妇人，在街市上来往的走着。我虽仔细留心，但也不曾看见过一个与众不同的女人。我们由河岸转弯，来到一条比较热闹的街市，除了几家店铺和水果摊外，我们又看见几家门额上挂着“待合室”牌子的房屋。那些房屋的门都开着，由外面看进去，都有一面高大的穿衣镜，但是里面静静的不见人影。我不懂什么叫作“待合室”便去问陆様。他说，这种“待合室”专为一般嫖客，在外面钓上了妓女之后，便邀着到那里去开房间。我们正在谈论着，忽见对面走来一个姿容妖艳的女人。脸上涂着极厚的白粉，鲜红的嘴唇，细弯的眉梢，头上梳的是蟠龙髻，穿着一件藕荷色绣着凤鸟的和服，前胸袒露着，同头项一样的僵白，真仿佛是大理石雕刻的假人，一些也没有肉色的鲜活。她用手提着衣襟的下幅，姗姗的走来。陆様忙道："你们看，这便是妓女了。"我便问他怎么看得出来。他说："你们看见她用手提着衣襟吗？她穿的是结婚时的礼服，因为她们天天要和人结婚，所以天天都要穿这种礼服，这就是她们的标志了。"

"这倒新鲜！"我和建不约而同的这样说了。

穿过这条街，便来到那座"龟江神社"的石牌楼前面。陆様告诉我们这座神社是妓女们烧香的地方，同时也是她们和嫖客勾诱的场合。我们走到里面，果见正当中有一座庙，神龛前还点着红蜡和高香，有几个艳装的女人在那里虔诚顶礼呢。庙的四面布置成一个花园的形式，有紫藤花架，有花池，也有石鼓形的石凳。我们坐在石凳上休息，见来往的行人渐渐多起来，不久工厂放哨了，工人们三五成群从这里走过。太阳也已下了山，天色变成淡灰，我们就到附近中国料理店吃了两碗乔麦面，那时候已快七点半了。陆様说："正是时候了，我们去看吧。"我不知为什么有些胆怯起来，我说："她们看见了我，不会和我麻烦吗？"陆様说："不要紧，我们不到里面去，只在门口看看也就够了。"我虽不很满意这种办法，可是我也真没胆子冲进去，只好照陆様的提议作了。我们绕了好几条街，好容易才找到目的地，一共约有五六条街吧，都是一式的白木日本式的楼房，陆様和建在前面开路，我像怕猫的老鼠般，悄悄怯怯的跟在他俩的后面。才走进那胡同，就看见许多阶级的男人——有穿洋服的绅士，有穿和服的浪游者，还有穿制服的学生，和穿短衫的小贩。人人脸上流溢着欲望的光焰，含笑的走来走去。我正不明白那些妓女都躲在什么地方，这时我已来到第一家的门口了。那纸隔扇的木门还关着，但再一仔细看，每一个门上都有两块长方形的空隙处，就在那里露出一个白石灰般的脸，和血红的唇的女人的头。谁能知道这时她们眼里是射的那种光？她们门口的电灯特别的阴暗，陡然在那淡弱的光线下，看见了她们故意作出的娇媚和淫荡的表情的脸，禁不住我的寒毛根根竖了起来。我不相信这是所谓人间，我仿佛曾经经历过一个可怕的梦境：我觉得被两个鬼卒牵到地狱里来，在一处满是脓血腥臭的院子里，摆列着无数株艳丽的名花，这些花的后面，都藏着一个缺鼻烂眼，全身毒疮溃烂的女人。她们流着泪向我望着，似乎要向我诉说什么，我吓得闭了眼不敢抬头。忽然那两个鬼卒，又把我带出这个院子！在我回头再看时，那无数株名花不见踪影，只有成群男的女的骷髅，僵立在那里。“呀!”我为惊怕发出惨厉的呼号，建连忙回头问道：“隐，你怎么了？……快看，那个男人被她拖进去了。”这时我神志已渐清楚，果然向建手所指的那个门看去，只见一个穿西服的男人，用手摸着那空隙处露出来的脸，便听那女人低声喊道：“请，哥哥……洋哥哥来玩玩吧!”那个男人一笑，木门开了一条缝，一只纤细的女人的手伸了出来，把那个男人拖了进去，于是木门关上，那个空隙处的纸帘也放下来了，里面的电灯也灭了。……

我们离开这条胡同，又进了第二条胡同，一片“请呵，哥哥来玩”的声音，在空气中震荡。假使我是个男人，也许要觉得这娇媚的呼声里，藏着可以满足我欲望的快乐，因此而魂不守舍的跟着她们这声音进去的吧。但是实际我是个女人，竟使那些娇媚的呼声，变了色彩。我仿佛听见她们在哭诉她们的屈辱和悲惨的命运。自然这不过是我的神经作用。其实呢，她们是在媚笑，是在挑逗，引动男人迷荡的心。最后她们得到所要求的代价了。男人们如梦初醒的走出那座木门，她们重新在那里招徕第二个主顾。我们已走过五条胡同了。当我们来到第六条胡同口的时候，看见第二家门口走出一个穿短衫的小贩。他手里提着一根白木棍，笑眯眯的，似乎还在那里回味什么迷人的经过似的。他走过我们身边时，向我看了一眼，脸上露出惊诧的表情，我连忙低头走开。但是最后我还逃不了挨骂。当我走到一个没人照顾的半老妓女的门口时，她正伸着头在叫“来呵！可爱的哥哥，让我们快乐快乐吧!”一面她伸出手来要拉陆樣的衣袖。我不禁“呀”了一声——当然我是怕陆様真被她拖进去，那真太没意思了。可是她被我这一声惊叫，也吓了一跳，等到仔细认清我是个女人时，她竟恼羞成怒的骂起我来。好在我的日本文不好，也听不清她到底说些什么？我只叫建快走，我逃出了这条胡同，便问陆様道：“她到底说些什么?”陆様道：“她说你是个摩登女人，不守妇女清规，也跑到这个地方来逛，并且说你有胆子进去吗?”这一番话，说来她还是存着忠厚呢！我当然不愿怪她，不过这一来我可不敢再到那边去了。而陆様和建似乎还想再看看。他们说：“没关系，我们既来了，就要看个清楚。”可是我极力反对，他们只好随我回来了。在归途上，我问陆様对于这一次漫游的感想，他说：“当我头一次看到这种生活时，的确心里有些不舒服；不过看过几次之后，也就没有什么了。”建他是初次看，自然没有陆様那种镇静，不过他也不像我那样神经过敏。我从那里回来以后，差不多一个月里头每一闭眼就看见那些可怕的灰白脸，听见含着罪恶的“哥哥！来玩”的声音。这虽然只是一瞥，但在心幕上已经留下不可磨灭的印象了！

（选自《妇女杂志》1931年第17卷第7号）

八 井之头公园

自从我们搬到市外以来，天气渐渐凉快了。当那些将要枯黄的毛豆叶子，和白色的小野菊，一丛丛由草堆里钻出头来，还有小朵的黄色紫色的野花，在凉劲的秋风中抖颤，景象是最容易勾起人们的秋思，使人兴“帘卷西风人比黄花瘦”的感慨。

这种心情是包含着怅惘，同时也有兴奋，很难平心静气的躲在单调的书房里工作。而且窗外蔚蓝色的天空，和淡金色的秋阳，还有挟了桂花香的冷风，这一切都含着极强的挑拨人们心弦的力量，我们很难勉强继续死板的工作了。吃过午饭以后，建便提议到附近吉祥寺的公园去看枫景；在三点十分的时候，我们已到了那里。从电车轨道绕过，就是一条石子大马路，前面有一座高耸的木牌坊，上面写着几个很大的汉字："井之头恩赐公园"。过了牌坊，便见马路旁树木浓密，绿荫沉沉，陡然有一种幽秘的意味萦缠着我们的心情，使人想象到深山的古林中，一个披着黄金色柔发赤足娇靥而拖着丝质白色的长袍的仙女，举着短笛在白毛如雪的羊群中远眺沉思。或是孤独的诗人，抱着满腔的诗思，徘徊于这浓绿森翠的帷幔下歌颂自然。我们自己漫步其中，简直不能相信这仅仅是一个人间的公园而已。

走过这一带的森林，前面露出一条鹅卵石堆成的斜坡路，旁边植着修剪整齐的冬青树，阵阵的青草香从风里吹过来。我们慢慢地散着步，只觉心神爽疏，尘虑都消。下了斜坡，陡见面前立着一所小巧的日本式茶馆，里面陈设着白色的坐垫和红漆的矮几，两旁柜台上摆着水果及各种的零食。

"呵，这个地方多么眼熟呀！"我不禁失声喊了出来。于是潜伏于心底的印象，如蛰虫经过春雷的震撼惊醒起来。唉，这时我简直被那种感怀往事的情绪所激动了，我的双眼怔住了，胸膈间充塞着怅惘，心脉紧急地搏动着，眼前分明的现出那些曾被流年蹂躏过的往事。

唉！往事！只是不堪回首的往事哟！

那一群骄傲与幸福的少女们，正憧憬于未来的希望中，享乐于眼前的风光里。当她将由学校毕业的那一年夏天，曾随着她们的师长，带着欢乐的心情渡过日本海，来访蓬莱的名胜。那时候恰是暮春的天气，温和的杨柳风，和到处花开如锦的景色，更使她们乐游忘倦了。当她们由上野公园看过樱花的残妆后，便回到东京市内，第二天清晨便乘电车到井之头公园里来，为了奔走的疲倦也曾到这所小茶馆休息过——大家团团围着矮几坐下，酌着日本的清茶，嚼着各式的甜点心。有几个在高谈阔论，有几个在低歌宛转，她们真如初出谷的雏莺，只觉到处都是生机。的确，她们是被按在幸福之神的两臂中，充满了青春的爱娇和快乐活泼的心情：这是多么值得艳羡的人生呵！

但是，谁能相信今天在这里低徊感叹的我，也正是当年幸福者之一呢！哦，流年，残刻的流年哟！它带走了我的青春，它蹂躏了我的欢乐，而今旧地重游，当年的幸福都变成可诅咒的回忆了！

哎！这仅仅是七年后的今天呀，这短短的七年中，我走的是什么样人生的路？我迎接的是哪一种神明？唉！我攀援过陡峭的崖壁，我曾被陨坠于险恶的幽谷；虽是恶作剧的运命之神，它又将我由死地救活，使我更忍受由心头滴血的痛苦，它要我吮干自己的血，如像喝玫瑰酒汁般。幸福之神，它遗弃我，正像遗弃它的仇人一样。这时我禁不住流出辛酸的泪滴，连忙躲开这激动情感的地方，向前面野草丛中，花径不扫的密松林里走去。忽然听见一阵悲恻的唏嘘，我仿佛望到张着黑翅的秋神，徘徊于密叶背后，立时那些枝柯，都抖颤起来，草底下的促织和纺车儿也都凄凄切切奏着哀乐；我也禁不住全身发冷，不敢再向前去，便在路旁的长木凳上坐了。我用凝涩的眼光，向密遮的矮树丛隙睁视，不时看见那潺湲的碧水，经过一阵秋风后，水面上涌起一层细微的波纹来，两个少女乘着一只小划子在波心摇着画桨，低低的唱着歌。我看到这里，又无端伤感起来，觉得喉头梗塞，不知不觉叹道：“故国不堪回首呵！”同时那北海的绿漪清波便浮现在眼前。那些携了情侣的男男女女，恐怕也正摇着画桨指点眼前倩丽的秋景，低语款款吧！况且又是菊茂蟹肥的时候，长安市上正不少欢乐的宴聚；这被摒弃在异国的漂泊者，当然再也没有人想起她了。不过她却晨夕常怀着祖国，希望得些国内的好消息呢。并且她的神经又是怎样的过敏呵，她竟会想到树叶凋落的北平市，凄风吹着，冷雨洒着，那些穷苦无告的同胞正向阴暗的苍穹哭号。唉！破碎紊乱的祖国呵，北海的风光能掩盖那凄凉的气象吗？来今雨轩的灯红酒绿能够安慰忧惧的人心吗？这一切我都深深地怀念着呵！

连环不断的忧思占据了我整个的心灵，眼底的景色我竟无心享受了。我忙忙辞别了曾经二度拜访过的井之头公园。虽然如少女酡颜的枫叶，我还不曾看过，而它所给我灵魂的礼赠已经太多了。真的，太多了哟！

（选自北平《晨报》副刊《学园》1931年第16号）

九　烈士夫人

异国的生涯，使我时时感到陌生和漂泊。自从迁到市外以来，陈le和我们隔得太远，就连这唯一的朋友也很难有见面的机会。我同建只好终日幽囚在几张席子的日本式的房屋里读书写文章——当然这也是我们的本分生活，　向所企求的，还有什么不满足。不过人总是群居的动物，不能长久过这种单调的生活而不感到不满意。

在一天早饭后，我们正在那临着草原的窗子前站着——这一带的风景本不坏，远远有滴翠的群峰，稍近有万株矗立的松柯，草原上虽仅仅长些蓼荻同野菊，但色彩也极鲜明，不过天天看，也感不到什么趣味。我们正发出无聊的叹息时，忽见从松林后面转出一位中年以上的女人。她穿着黑色白花纹的和服，拖着木屐往我们的住所的方向走来，渐渐近了。我们认出正是那位嫁给中国人的柯太太。唉！这真仿佛是那稀有而陡然发现的空谷足音，使我们惊喜了，我同建含笑的向她点头。

来到我们屋门口，她脱了木屐上来了，我们请她在矮几旁的垫子上坐下，她温和的说：

“怎么，你们住得惯吗？”

“还算好，只是太寂寞些。”我有些怅然的说。

“真的，”建接着说，“这四周都是日本人，我们和他们言语不通，很难发生什么关系。”

柯太太似乎很了解我们的苦闷，在她沉思以后，便替我们出了以下的一条计策。她说：“我方才想起在这后面西川方里住着一位老太婆，她从前曾嫁给一个四川人，她对于中国人非常好，并且她会煮中国菜，也懂得几句中国话。她原是在一个中国人家里帮忙，现在她因身体不好，暂且在这里休息。我可以去找她来，替你们介绍，以后有事情尽可请她帮忙。”

“那真好极了，就是又要麻烦柯太太了！”我说。

“哦，那没有什么，黄様太客气了。”柯太太一面谦逊着，一面站起来，穿了她的木屐，绕过我们的小院子，往后面那所屋里去。我同建很高兴的把坐垫放好，我又到厨房打开瓦斯管，烧上一壶开水。一切都安排好了，恰好柯太太领着那位老太婆进来——她是一个古铜色面孔而满嘴装着金牙的硕胖的老女人，在那些外表上自然引不起任何人的美感，不过当她慈和同情的眼神射在我们身上时，便不知不觉想同她亲近起来。我们请她坐下，她非常谦恭的伏在席上向我们问候。我们虽不能直接了解她的言辞，但那种态度已够使我们清楚她的和蔼与厚意了。我们请柯太太当翻译，随意的谈着。

在这一次的会见之后，我们的厨房里和院子中便时常看见她那硕大而和蔼的身影。当然，我对于煮饭洗衣服是特别的生手，所以饭锅里发出焦臭的气味，和不曾拧干的衣服，从晒竿上往下流水等一类的事情是常有的。每当这种时候，全亏了那位老太婆来解围。

那一天上午因为忙着读一本新买来的《日语文法》，煮饭的时候完全“心不在焉”，直到焦臭的气味一阵阵冲到鼻管时，我才连忙放下书，然而一锅的白米饭，除了表面还有几颗淡黄色的米粒可以辨认，其余的简直成了焦炭。我正在不知所措的时候，那位老太婆也为着这种浓重的焦臭气味赶了来。她不说什么，立刻先把瓦斯管关闭，然后把饭锅里的饭完全倾在铅筒里，把锅拿到井边刷洗干净，这才重新放上米，小心的烧起来。直到我们开始吃的时候，她才含笑的走了。

我们在异国陌生的环境里，居然遇到这样热肠无私的好人，使我们忘记了国籍，以及一切的不和谐，常想同她亲近。她的住室只和我们隔着一个小院子。当我们来到小院子里汲水时，便能看见她站在后窗前向我们微笑。有时她也来帮我，抬那笨重的铅筒；有时闲了，她便请我们到她房里去坐，于是她从橱里拿出各式各种的糖食来请我们吃，并教我们那些糖食的名辞，我们也教她些中国话。就在这种情形之下，大家渐渐也能各抒所怀了。

在一个星期六的下午，建同我都不到学校去。天气有些阴，阵阵初秋的凉风吹动院子里的小松树，发出竦竦的响声。我们觉得有些烦闷，但又不想出去，我便提议到附近点心铺里买些食品，请那位老太婆来吃茶，既可解闷，又应酬了她。建也赞成这个提议。

不久我们三个人已团团围坐在地席上的一张小矮几旁，喝着中国的香片茶。谈话的时候，我们便问到她的身世——我们自从和她相识以来，虽然已经一个多月了，而我们还不知道她的姓名，平常只以“オバサン”（伯母之意）相称。当这个问题发出以后，她宁静的心不知不觉受了撩拨，在她充满青春余辉的眸子中宣示了她一向深藏的秘密。

“我姓斋藤，名叫半子。”她这样的告诉我们以后，忽然由地席上站了起来，一面向我鞠躬道，“请二位稍等一等，我去取些东西给你们看。”她匆匆的去了。建同我都不约而同的感到一种新奇的期待，我们互相沉默地猜想着等候她。约莫过了十分钟她回来了，手里拿着一个淡灰色棉绸的小包，放在我们的小茶几上。于是我们重新围着矮几坐下，她珍重地将那棉绸包袱打开，只见里面有许多张的照片。她先捡了一张四寸半身的照片递给我们看，一面叹息着道："这是我二十三年前的小照，光阴比流水还快，唉，现在已这般老了。你们看我那时是多么有生机？实在的，我那时有着青春的娇媚——虽然现在是老了！"我听了她的话，心里也不免充满无限的怅惘，默然的看着她青春时的小照。我仿佛看见可怕的流光的锤子，在捣毁一切青春的艺术。现在的她和从前的她简直相差太远了，除了脸的轮廓还依稀保有旧时的样子，其余的一切都已经被流光伤害了。那照片中的她，是一个细弱的身材，明媚的目睛，温柔的表情，的确可以使一般青年沉醉的。我正在呆呆的痴想时，她又另递给我一张两人的合影：除了年轻的她以外，身旁还站着一个英姿焕发的中国青年。

"这位是谁？"建很质直地问她。

"哦，那位吗？就是我已死去的丈夫呵！"她答着话时，两颊上露出可怕的惨白色，同时她的眼圈红着。我同建不敢多向她看，连忙想用别的话混过去，但是她握着我的手，悲切地说道："唉，他是你们贵国一个可钦佩的好青年呢，他抱着绝大的志愿，最后他是作了黄花岗七十二个烈士中的一个——他死的时候仅仅二十四岁呢，也正是我们同居后的第三年……"

老太婆说到这些事上，似乎受不住悲伤回忆的压迫。她低下头抚着那些相片，同时又在那些相片堆里找出一张六寸的照片递给我们看道："你看这个小孩怎样？"我拿过照片一看，只见是个十五六岁的男孩，穿着学生装，含笑的站在那里，一双英敏的眼眸很和那位烈士相像，因此我一点不迟疑的说道："这就是你们的少爷吗？"她点头微笑道："是的，他很有他父亲的气概咧。"

"他现在多大了，在什么地方住，怎么我们不曾见过呢？"

“唉!”她叹了一口气道，“他今年二十一岁了，已经进了大学，但是,”说到这里，她的眼皮垂下来了，鼻端不住的掀动，似乎正在那里咽她的辛酸泪液。这使我觉得窘迫了，连忙装作拿开水对茶，走出去了！建也明白我的用意，站起来到外面屋子里去拿点心。过了些时，我们才重新坐下，请她喝茶，吃糖果。她向我们叹口气道：“我相信你们是很同情我的，所以我情愿将我的历史告诉你们：

“我家里的环境，一向都不很宽裕，所以在我十八岁的时候，我便到东京来找点职业作。后来遇到一个朋友，他介绍我在一个中国人的家里当使女，每月有十五块钱的工资，同时吃饭住房子都不成问题。这是对于我很合宜的，所以就答应下来。及至到了那里，才知道那是两个中国学生合租的贷家，他们没有家眷，每天到大学里去听讲，下午才回来。事情很简单，这更使我觉得满意，于是就这样答应下来。我从此每天为他们收拾房间，煮饭洗衣服，此外有的是空闲的时间，我便自己把从前在高等学校所读过的书温习温习，有时也看些杂志，遇到不明白的地方，常去请求那两位中国学生替我解释。他们对于我的勤勉，似乎都很为感动，在星期日没有什么事情的时候，便和我谈论日本的妇女问题，等等。这两个青年中有一位姓余的，他是四川人，对我更觉亲切。渐渐的我们俩人中间就发生了恋爱，不久便在东京私自结了婚。我们自从结婚后，的确过着很甜蜜的生活，所使我们觉得美中不满足的，就是我的家族不承认这个婚姻，因此我们只能过着秘密的结婚生活。两年后我便怀了孕，而余君便在那一年的暑假回国。回国以后，正碰到中国革命党预备起事的时期，他为了爱祖国，不顾一切的加入工作，所以暑假后他就不曾回日本来。过了半年多，便接到黄花岗七十二烈士遭难的消息，而他的噩耗也同时传了来。唉！可怜我的小孩，也就在他死的那一个月中诞生了。唉！这个可怜的一生下来就没有父亲的小孩，叫我怎样安排？而且我的家族既不承认我和余君的婚姻，那末这个小孩简直就算是个私生子，绝不容我把他养在身边。我没有办法，恰好我的妹子和妹夫来看我，见了这种为难，就把孩子带回去作为她的孩子了。从此以后，我的孩子便姓了我妹夫的姓，与我断绝母子关系；而我呢，仍在外面帮人家作事，不知不觉已过了二十多年……”

“呵，原来她还是烈士夫人呢！”建悄悄的对我说。

“可不是吗？……但她的境遇也就够可怜了。”我说。

建和我都不免为她叹息，她似乎很感激我们对她的同情，紧紧握着我的手，好久才说道：“你们真好呵！”一面含笑将绸包收起告辞走了。

过了两个月，天气渐渐冷了，每天自己作饭洗碗够使人麻烦的，我便和建商议请那位烈士夫人帮帮我们。但我们经济很穷，只能每月出一半的价钱，不知道她肯不肯就近帮帮忙，因此我便去找柯太太请她代我们接洽。

那时柯太太正坐在回廊晒太阳，见我们来了，便让我们也坐在那里谈话，于是我便把来意告诉她。柯太太笑了笑道：“这正太不巧……不然的话那个老太婆为人极忠厚，绝不会不帮你们的。不过现在她正预备嫁人，恐怕没有工夫吧！”

“呀，嫁人吗？”我不禁陡然的惊叫起来道，“这真是想不到的事，她现在将近五十岁的人，怎么忽然间又思起凡来呢？”

柯太太听了这话也不禁笑了起来，但同时又叹了一口气道：“自然，她也有她的苦痛，照我看来，以为她既已守了二十多年寡，断不至再嫁了。不过，她从前的结婚始终是不曾公布的，她娘家父母仍然认为她没有结婚，并且余先生家里她势不能回去。而她的年纪渐渐老上来，孤孤单单一个无依无靠的人，将来死了都找不到归宿，所以她现在决定嫁了。”

“嫁给什么人?”建问。

“一个日本老商人，今年有五十岁吧!”

“倒也是个办法!”建含笑的说。

他这句话不知为什么惹得我们全笑起来。我们谈到这里，便告辞回去。在路上恰好遇见那位烈士夫人，据说她本月就要结婚，但她脸上依然憔悴颓败，再也看不出将要结婚的喜悦来。

真的，人们都传说，“她是为了找死所而结婚呢”！呵！妇女们原来还有这种特别的苦痛!

（选自《妇女杂志》1931年第17卷第8号）

几句实话

一个终朝在风尘中奔波倦了的人，居然能得到与名山为伍、清波作伴的机会，难道说不是获天之福吗？不错，我是该满意了！——回想起从前在北平充一个小教员，每天起早困晚，吃白粉条害咳嗽还不算，晚上改削那山积般的文卷真够人烦。而今呵，多么幸运！住在山青水秀的西子湖边，推窗可以直窥湖心；风云变化，烟波起伏，都能尽览无余。至于夕阳晚照，渔樵归休，游侣行歌互答，又是怎样美妙的环境呢！

但是冤枉，这两个月以来，我过的，却不是这种生活。最大的原因，湖色山光，填不满我的饥肠辘辘。为了吃饭，我与一支笔杆儿结了不解缘，一时一刻离不开它。如是，自然没有心情、时间去领略自然之美了。——所以我这才明白，吟风弄月，充风流名士，那只有资产阶级配享受，贫寒如我，那只好算了吧，算了吧！

那么，我现在过的又是什么生活呢？——每天早晨起来，好歹吃上两碗白米粥，花生米嚼得喷鼻香，惯会和穷人捣乱的肚子算是有了交代。于是往太师椅上一坐，打开抽屉，东京带回来的漂亮稿纸，还有一大堆，这很够我造谣言发牢骚用的了。于是由那暂充笔筒用的绿瓷花瓶里，请出那三寸小毛锥，开宗明义第一件事，是瞪着眼，东张西望，搜寻一个好题目。——这真有点不易，至少要懂点心理学，才好捉摸到编辑先生的脾味；不然题目不对眼，恼了编辑先生，一声“狗屁”，也许把它扔在字纸篓里换火柴去。好容易找到又新鲜又时髦的题目了，那么写吧。一行，两行，三行……一直写满了一张稿纸。差不多六百字，这要是运气好，就能换到块把大洋。如是来上十几页，这个月的开销不愁了。想到这里，脸上充满了欣慰之色。但是且慢高兴！昨天刮了一顿西北风，天气骤然冷下来，回头看看床上，只有一床棉被，不够暖。无论如何，要添做一床才过得去。

再说厨房里的老叶，今早来报告：柴快没了，煤只剩了几块，米也该叫了。这一道催命符真凶，立刻把我的文思赶跑了，脑子里塞满了债主自私的刻薄的面像，和一切未来的不幸。……不能写了，放下笔吧！不成，那更是饥荒！勉强的东拉西凑吧。夜深了，头昏眼花，膀子疼，腰杆酸，“唉呀”，真不行了，明天再说吧！数数稿纸，只写了四张半，每张六百字，再除去空白，整整还不到两千五百字。棉被还是没着落，窗外的北风，仍然虎吼狼啸，更觉单衾欠暖。然而真困，还是睡下吧。把一件大衣盖在被上，幸喜睡魔光顾得快，倒下头来便梦入黑甜。我正在好睡，忽听扑冬一声，把我惊醒。翻身爬起来一看，原来是小花猫把热水瓶打倒了。这个家伙真可恨，好容易花一块多钱买了一只热水瓶，还没有用上几天，就被它毁了，真叫做“活该”！我气哼哼地把小花猫摔了出去，再躺下睡，这一来可睡不着了。忽见隔床上的他，从睡梦里跳起有半尺高，一连跳了五六下，我连忙叫醒他说：“你梦见什么了，怎么睡梦里跳起来？”他“哎哟”了一声道：“真累死我了！我梦见爬了多少座高高低低的山峰，此刻还觉得一身酸痛！”

“唉！不用说了，你白天翻了多少书？……大概是累狠了?!”他说：“是了。我今天差不多写了五千字吧！”

“明天还是少写点好。”我说。

“不过今天已经十五了，房钱电灯钱都还没有着落，少写行吗?”

我听了这话不能再勉强安慰他了。大半夜，我只是为这些问题盘算，直到天色发白时，我才又睡着了。

八点半了，他把我喊醒。我一睁眼看太阳光已晒在窗子上，我知道时候不早了。连忙起来，胡乱吃了粥，就打算继续写下去，但是当我坐在太师椅上时，我觉得我的头部，比压了一块铅板还重，眼睛发花，耳朵发聋。不写吧，真怕到月底没法交代；写吧，没有灵感不用说，头疼得也真支不住。但是生活的压迫，使我到底屈服了。一手抱着将要爆裂的头，一手不停地写下去。连我自己都不知道我在纸上画的是什么?——“苦闷可以产生好文艺”，在无可如何之时，我便拿它来自慰！来解嘲！

这时他由街上回来，看见我那狼狈像，便说道：“你又头疼了吧，快不要写，去歇歇呀！——我译的小说稿已经寄去了，月底一定可以领到稿费。我想这篇稿子译得不错，大约总可以卖到十五块钱，屉子里还有五块，凑合着也就过去了。”

“唉！只要能凑合着过去，我还愁什么?但是上个月我们寄出去三四万字的稿子，到现在只收回十几块钱，谁晓得月底又是怎样呢?只好多写些，希望还多点，也许可以碰到一两处给钱的就好了！”

他平常是喜说喜笑，这一来也只有皱了一双眉头道：“你本来身体就不好，所以才辞去教员不干，到这里休养。谁想到卖文章度日，竟有这些说不出的压扎的苦楚！早知道这样，打死我也不想充什么诗人艺术家了。……怎么人家菊池宽就那么走红运，住洋房坐汽车，在飞机上打麻雀！……”

“人家是日本人呵！……其实又何止菊池宽，外国的作家比我们舒服得多着呢！所以人家才有歌德，有莎士比亚，有拜伦，有易卜生等等的大艺术家出现。至于我们中国，艺术家就非得同时又充政治家，或教育家等，才能生活，谁要打算把整个的生命献给艺术，那只有等着挨饿吧！在这种怪现象之下，想使中国产生大艺术家，不是做梦吗？唉！吃饭是人生的大问题，——非天才要吃饭，天才也要吃饭，为了吃饭去奋斗，绝大的天才都不免要被埋葬；何况本来只有两三分天才的作家，最后恐怕要变成白痴了……”我像煞有些愤慨似的发着牢骚，同时我的头部更加不舒服起来。他叫我不要乱思胡想，立刻要我去睡觉。我呢，也真支不住了，睡去吧！正在有些昏迷的时候，邮差送信来了。我拆开一看，正是从北平一个朋友寄来的，他说：“听说你近状很窘，还是回来教书吧！文艺家那么容易做？尤其在我们贵国！……”

不错，从今天起，我要烧掉和我缔了盟约的那一支造谣言的毛锥子，规规矩矩去为人之师，混碗饱饭吃，等到哪天发了横财，我再来充天才作家吧！正是“放下毛锥，立地得救”。哈哈！善哉！

（选自1931年3月26日、27日

《北平晨报》副刊《学园》第45、46号）

秋光中的西湖

我像是负重的骆驼般，终日不知所谓的向前奔走着。突然心血来潮，觉得这种不能喘气的生涯，不容再继续了，因此便决定到西湖去，略事休息。

在匆忙中上了沪杭甬的火车，同行的有朱、王二女士和建，我们相对默然地坐着。不久车身蠕蠕而动了，我不禁叹了一口气道："居然离开了上海。"

"这有什么奇怪，想去便去了！"建似乎不以我多感慨的态度为然。

查票的人来了，建从洋服的小袋里掏出了四张来回票，同时还带出一张小纸头来，我捡起来，看见上面写着："到杭州：第一大吃而特吃，大玩而特玩……"真滑稽，这种大计划也值得大书而特书，我这样说着递给朱、王二女士看，她们也不禁哈哈大笑了。

来到嘉兴时，天已大黑。我们肚子都有些饿了，但火车上的大菜既贵又不好吃，我便提议吃茶叶蛋，便想叫茶房去买，他好像觉得我们太吝啬，坐二等车至少应当吃一碗火腿炒饭，所以他冷笑道："要到三等车里才买得到。"说着他便一溜烟跑了。

"这家伙真可恶！"建愤怒地说着，最后他只得自己跑到三等车去买了来。吃茶叶蛋我是拿手，一口气吃了四个半，还觉得肚子里空无所在，不过当我伸手拿第五个蛋时，被建一把夺了去，一面埋怨道："你这个人真不懂事，吃那么许多，等些时又要闹胃痛了。"

这一来只好咽一口唾沫算了。王女士却向我笑道："看你个子很瘦小，吃起东西来倒很凶!"其实我只能吃茶叶蛋，别的东西倒不可一概而论呢！我很想这样辩护，但一转念，到底觉得无谓，所以也只有淡淡地一笑，算是我默认了。

车子进杭州城站时，已经十一点半了，街上的店铺多半都关了门，几盏黯淡的电灯，放出微弱的黄光，但从火车上下来的人，却吵成一片，挤成一堆，此外还有那些客栈的招揽生意的茶房，把我们围得水泄不通，不知花了多少力气，才打出重围叫了黄包车到湖滨去。

车子走过那石砌的马路时，一些熟悉的记忆浮上我的观念里来。一年前我同建曾在这幽秀的湖山中作过寓公，转眼之间早又是一年多了，人事只管不停地变化，而湖山呢，依然如故，清澈的湖波，和笼雾的峰峦似笑我奔波无谓吧!

我们本决意住清泰第二旅馆，但是到那里一问，已经没有房间了，只好到湖滨旅馆去。

深夜时我独自凭着望湖的碧栏，看夜幕沉沉中的西湖。天上堆叠着不少的雨云，星点像怕羞的女郎，踯躅于流云间，其光隐约可辨。十二点敲过许久了，我才回到房里睡下。

晨光从白色的窗幔中射进来，我连忙叫醒建，同时我披了大衣开了房门。一阵沁肌透骨的秋风，从桐叶梢头穿过，飒飒的响声中落下了几片枯叶，天空高旷清碧，昨夜的雨云早已躲得无影无踪了。秋光中的西湖，是那样冷静，幽默，湖上的青山，如同深纽的玉色，桂花的残香，充溢于清晨的气流中。这时我忘记我是一只骆驼，我身上负有人生的重担。我这时是一只紫燕，我翱翔在清隆的天空中，我听见神祇的赞美歌，我觉到灵魂的所在地，……这样的，被释放不知多少时候，总之我觉得被释放的那一霎那，我是从灵宫的深处流出最惊喜的泪滴了。

建悄悄地走到我的身后，低声说道："快些洗了脸，去访我们的故居吧！"

多怅惘呵，他惊破了我的幻梦，但同时又被他引起了怀旧的情绪，连忙洗了脸，等不得吃早点便向湖滨路崇仁里的故居走去。到了弄堂门口，看见新建的一间白木的汽车房，这是我们走后唯一的新鲜东西。此外一切都不曾改变，墙上贴着一张招租的帖子，一看是四号吉房招租……"呀！这正是我们的故居，刚好又空起来了，喂，隐！我们再搬回来住吧！"

"事实办不到……除非我们发了一笔财……"我说。

这时我们已到那半开着的门前了，建轻轻推门进去。小小的院落，依然是石缝里长着几根青草，几扇红色的木门半掩着。我们在客厅里站了些时，便又到楼上去看了一遍，这虽然只是最后几间空房，但那里面的气氛，引起我们既往的种种情绪，最使我们觉到怅然的是陈君的死。那时他每星期六多半来找我们玩，有时也打小牌，他总是摸着光头懊恼地说道："又打错了！"这一切影像仍逼真地现在目前，但是陈君已作了古人。我们在这空洞的房子里，沉默了约有三分钟，才怅然地离去。走到弄堂门的时候，正遇到一个面熟的娘姨——那正是我们邻居刘君的女仆，她很殷勤地要我们到刘家坐坐。我们难却她的盛意，随她进去。刘君才起床，他的夫人替小孩子穿衣服。我们这两个不速之客够使他们惊诧了。谈了一些别后的事情，抽过一支烟后，我们告辞出来。到了旅馆里，吃过鸡丝面，王、朱两位女士已在湖滨叫小划子，我们讲定今天一天玩水，所以和船夫讲定到夜给他一块钱，他居然很高兴地答应了。我们买了一些菱角和瓜子带到划子上去吃。船夫是一个五十多岁的忠厚老头子，他洒然地划着。温和的秋阳照着我使全身的筋肉都变成松缓，懒洋洋地靠在长方形的藤椅背上。看着划桨所激起的波纹，好像万道银蛇蜿蜒不息。这时船已在三潭印月前面，白云庵那里停住了。我们上了岸，走进那座香烟阒然的古庙，一个老和尚坐在那里向阳。菩萨案前摆了一个签筒，我先抱起来摇了一阵，得了一个上上签，于是朱、王二女士同建也都每人摇出一根来。我们大家拿了签条嘻嘻哈哈笑了一阵，便拜别了那四个怒目咧嘴的大金刚，仍旧坐上船向前泛去。

船身微微地撼动，仿佛睡在儿时的摇篮里，而我们的同伴朱女士，她不住地叫头疼。建像是天真般地同情地道："对了，我也最喜欢头疼，随便到哪里去，一吃力就头疼，尤其是昨夜太劳碌了不曾睡好。"

"就是这话了，"朱女士说，"并且，我会晕车！"

"晕车真难过……真的呢！"建故作正经地同情她，我同王女士禁不住大笑，建只低着头，强忍住他的笑容，这使我更要大笑。船泛到湖心亭，我们在那里站了些时，有些感到疲倦了，王女士提议去吃饭。建讲："到了实行我'大吃而特吃'的计划的时候了。"

我说："如要大吃特吃，就到'楼外楼'去吧，那是这西湖上有名的饭馆，去年我们曾在这里遇到宋美龄呢！"

"哦，原来如此，那我们就去吧！"王女士说。

果然名不虚传，门外停了不少辆的汽车，还有几个丘八先生点缀这永不带有战争气氛的湖边。幸喜我们运气好，仅有唯一的一张空桌，我们四个人各霸一方，但是我们为了大家吃得痛快，互不牵掣起见，各人叫各人的菜，同时也各人出各人的钱，结果我同建叫了五只湖蟹，一尾湖鱼，一碗鸭掌汤，一盘虾子冬笋；她们二位女士所叫的菜也和我们大同小异。但其中要推王女士是个吃喝能手，她吃起湖蟹来，起码四五只，而且吃得又快又干净。再衬着她那位最不会吃湖蟹的朋友朱女士，才吃到一个的时候，便叫起头疼来。

“那么你不要吃了，让我包办吧！”王女士笑嘻嘻地说。

“好吧！你就包办，……我想吃些辣椒，不然我简直吃不下饭去。”朱女士说。

“对了，我也这样，我们两人真是事事相同，可以说百分之九十九一样，只有一分不一样……”建一本正经地说。

“究竟不同是哪一分呢！”王女士问。

“你真笨伯，这点都不知道，一个是男人，一个是女人呵！”建说。

这时朱女士正捧着一碗饭待吃，听了这话笑得几乎把饭碗摔到地上去。

“简直是一群疯子。”我心里悄悄地想着，但是我很骄傲，我们到现在还有疯的兴趣。于是把我们久已抛置的童年心情，从坟墓里重新复活，这不能说不是奇迹罢！

黄昏的时候，我们的船荡到艺术学院的门口，我同建去找一个朋友，但是他已到上海去了。我们嗅了一阵桂花的香风后，依然上船。这时凉风阵阵地拂着我们的肌肤，朱女士最怕冷，裹紧大衣，仍然不觉得暖，同时东方的天边已变成灰黯的色彩，虽然西方还漾着几道火色的红霞，而落日已堕到山边，只在我们一霎眼的工夫，已经滚下山去了。远山被烟雾整个地掩蔽着，一望苍茫。小划子轻泛着平静的秋波，我们好像驾着云雾，冉冉地已来到湖滨。上岸时，湖滨已是灯火明耀，我们的灵魂跳出模糊的梦境。虽说这马路上依然是可以漫步无碍，但心情却已变了。回到旅馆吃了晚饭后，我们便商量玩山的计划：上山一定要坐山兜，所以叫了轿班的头老，说定游玩的地点和价目。这本是小问题，但是我们却充分讨论了很久：第一因为山兜的价钱太贵，我同朱女士有些犹疑，可是建同王女士坚持要坐，结果是我们失败了，只得让他们得意扬扬地吩咐轿班第二天早晨七点钟来。

今日是十月九日——正是阴历重九后一日，所以登高的人很多。我们上了山兜，出涌金门，先到净慈观去看浮木井——那是济颠和尚的灵迹。但是在我看来不过一口平凡的井而已，所闻木头浮在当中的话，始终是半信半疑。

出了净慈观又往前走，路渐荒芜，虽然满地不少黄色的野花、半红的枫叶，但那透骨的秋风，唱出飒飒瑟瑟的悲调，不禁使我又悲又喜。像我这样劳碌的生命，居然能够抽出空闲的时间来听秋蝉最后的哀调，看枫叶鲜艳的色彩，领略丹桂清绝的残香，——灵魂绝对的解放，这真是万千之喜。但是再一深念，国家危难，人生如寄，此景此色只是增加人们的哀痛，又不禁悲从中来了……我尽管思绪如麻，而那抬山兜的伕子，不断地向前进行，渐渐地已来到半山之中。这时我从兜子后面往下一看，但见层崖叠壁，山径崎岖，不敢胡思乱想了。捏着一把汗，好容易来到山顶，才吁了一口长气，在一座古庙里歇下了。

同时有一队小学生也兴致勃勃地奔上山来，他们每人手里拿了一包水果和一点吃的东西，都在庙堂前面院子里的雕栏上坐着边唱边吃。我们上了楼，坐在回廊上的藤椅上，和尚泡了上好的龙井茶来，又端了一碟瓜子。我们坐在藤椅上，东望西湖，漾着滟滟光波；南望钱塘，孤帆飞逝，激起白沫般的银浪。把四围无限的景色，都收罗眼底。我们正在默然出神的时候，忽听朱女士说道："适才上山我真吓死了，若果摔下去简直骨头都要碎的，等会儿我情愿走下去。"

"对了，我也是害怕，回头我们两人走下去罢，让她们俩坐轿！"建说。

"好的。"朱女士欣然地说。

我知道建又在使促狭，我不禁望着他好笑。他格外装得活泼说道："真的，我越想越可怕，那样陡峭的石级，而且又很滑，万一伕子脚一软那还了得……"建补充的话和他那种强装正经的神气，只惹得我同王女士笑得流泪。一个四十多岁的和尚，他悄然坐在大殿里，看见我们这一群疯子，不知他作何感想，但见他默默无言只光着眼睛望着前面的山景。也许他也正忍俊不禁，所以只好用他那眼观鼻，鼻观心的苦功罢！我们笑了一阵，喝了两遍茶才又乘山兜下山。朱女士果然实行她步行的计划，但是和她表同情的建，却趁朱女士回头看山景的一刹那，悄悄躲在轿子里去了。

"喂！你怎么又坐上去了?"朱女士说。

"呀！我这时忽然想开了，所以就不怕摔，……并且我还有一首诗奉劝朱女士不要怕，也坐上去罢!"

"到底是诗人，……快些念来我们听听罢!"我打趣他。

"当然，当然，"他说着便高声念道，"坐轿上高山，头后脚在先。请君莫要怕，不会成神仙。"

这首诗又使得我们哄然大笑。但是朱女士却因此一劝，她才不怕摔，又坐上山兜了。中午的时候我们在龙井的前面斋堂里吃了一顿素菜。那个和尚说得一口漂亮的北京话，我因问他是不是北方人。他说："是的，才从北方游方驻扎此地。"这和尚似乎还文雅，他的庙堂里挂了不少名人的字画，同时他还问我在什么地方读书，我对他说家里蹲大学，他似解似不解地诺诺连声地应着，而建的一口茶已喷了一地。这简直是太大煞风景，我连忙给了他三块钱的香火资，跑下楼去。这时日影已经西斜了，不能再流连风景。不过黄昏的山色特别富丽，彩霞如垂幔般地垂在西方的天际，青翠的岗峦笼罩着一层干绡似的烟雾，新月已从东山冉冉上升，远远如弓形的白堤和明净的西湖都笼在沉沉暮霭中。我们的心灵浸醉于自然的美景里，永远不想回到热闹的城市去。但是轿夫们不懂得我们的心事，只顾奔他们的归程。"唷咿"一声山兜停了下来，我们翱翔着的灵魂，重新被摔到满是陷阱的人间。于是疲乏无聊，一切的情感围困了我们。

晚饭后草草收拾了行装，预备第二天回上海。这秋光中的西湖又成了灵魂上的一点印痕，生命的一页残史了。

可怜被解放的灵魂眼看着它垂头丧气地又进了牢囚。

十一月八日上海

（选自 1932 年 11 月 13 日《申报日报》副刊《海潮》第 9 号）

给我的小鸟儿们

整整两年了，我不看见你们。

世路太崎岖。然而我相信你们仍是飞翔空中的自由鸟。在我感到生活过分的严重时，我就想躲在你们美丽的羽翼下，求些许时的安息。

唉！亲爱的小鸟儿们——你们最欢喜我这样的称呼，不是吗？当我将要离开你们时，我曾经过虑地猜疑你们，我说："孩子们，我要多看你们几次，使我的脑膜上深印着你们纯洁的印象，一直到我没有知觉的那一天……"

"先生！你不是说两年后就回来吗？"阿堃诚挚地望着我的脸说。

"不错，我是这样计划着，不过我怕两年后你们已不像现在的对我热烈了。我怕失掉这人间的至宝，所以现在我要深深地藏起来。"

"哦！不会的，先生！我们永远是一只柔驯的小鸟儿，时常围绕着您！"

多可爱，你们那清脆的声音，无邪的眼睛，现在虽然离开了你们整两年，为了特别的原因，我不能回到你们那里，而关于你们的一切，我不时都能想起。

每逢在下课后，你们牵成一个大圈子，把我围在核心，你们跳舞、唱歌。有时我急着要走，你们便抢掉我手里的书包，夺走我披着的大衣。阿堃最顽皮，跑出圈子，悄悄走到整容镜前，穿上我的大衣，拿着书包，学着我走路的姿势，一般正经地走过同学们面前，以致惹得你们大笑，而阿堃的脸上却绷得没有一丝笑纹，这时你们有的笑得俯下身体叫肚子疼，我却高声地喊："小鸟儿们不要吵！"

"是的大姐姐，我们不再吵了，可是大姐姐得告诉我们夜莺诗人的故事！"阿堃娇憨地央求着。而你们也附和着："大姐姐讲，大姐姐讲。"乱哄地嚷成一片。呵！多可爱的小鸟儿们呀！两年来我不曾听见你们清脆的歌声了，在江南我虽也教着那一群天真的女孩，但是她们太娇婉，太懂事故，使我不能从她们的身上，找出你们的坦白、直爽、无愁无虑，因此我时常热切地怀念你们。

你们所刻在我心幕上的印象太深了，在丰润苹果般的脸上，不只充溢了坦白的顽皮；有时诚挚感动的光波，是盎然于你们的眼里。每当我不响地向你们每个可爱的面孔上看时，你们是那样乖，那样知趣地等待着，自然你们早已摸到我的脾气，每逢这种时候，我总有些严重的话，要敲进你们的心门。唉！亲爱的小鸟儿们，现在想来我真觉得罪过，我自己太脆弱易感，可是我有了什么忧愁和感慨，我不愿在那些老成持重的人们面前申诉，而我只喜欢把赤裸的心弦在你们面前弹。说起来我太自私，因为我得把定这凄音能激起你们深切的共鸣，而我忘记这是使你们受苦的。

那一天我给你们讲国语，正讲到一个爱国童子的故事，那时你们已经够兴奋了，而我还要更使你们兴奋到流泪，我把国内政治的黑暗揭示给你们听，把险诈的人心在你们面前解剖。立刻我看见你们脸上的笑容淡了，舒展的眉峰慢慢攒聚起来了，你们在地板上擦鞋底的毛病也陡然改了，课堂里那样静悄悄。我呢，庄严地坐在讲坛上，残忍地把你们的灵魂宰割，好像一个屠夫宰割一群小羊般。因此每次在我把你们搅扰后，我不知不觉要红脸，要咽泪。唉！亲爱的孩子们，我虽然对你们如是的不仁，而你们还是那样热烈地信任我、爱戴我。有时候你们遇到困难的问题，不去告诉你们亲切的父母，而反来和我商量，当这种时候，竟使我又欢喜又惭愧。在这个到处弥漫了欺诈的世界上，而你们偏是这样天真，无邪，这怎能叫我不欢喜呢？但是自己仔细一想，像我这样寒伧的灵魂，又有什么修养，究能帮助你们多少？恐怕要辜负了你们的热望，这种罪恶，比我在一切人群中，所犯的任何罪恶都来得不容轻赦。唉！亲爱的小鸟儿们呀！你们诚意地想从人间学到一切，而你们实是这世界上最高明的先生，你们有世人久已遗失的灵魂，你们有世人所绝无的纯真。你们的器量胸襟，是与万物神灵相融合的。一个乞丐，被人人所鄙视，而你们看他与天上的神祇没有分别；便是一只麻雀也能得你们热烈友情的爱护。你们是伟大的，我一生不崇拜英雄，我只崇拜你们。

但是残忍的时光，转变的流年，它们无时无刻不在剥蚀你们，层出不穷的人事，将如毒蛇般毁灭你们的灵魂。在你们含着甜净的美靥上，刻了轻微的愁苦之纹，渐渐地你们便失去了纯真，被快乐的神祇所摒弃。唉！亲爱的小鸟儿们！你们应当怎样抓住你们的青春？你们不愿意永远保持孩子的心吗？但是你们无法禁止太阳的轮子，继续不断地转，也不能留住你们的青春！只有一件事是你们可以办得到的，你们永远不要做一件使良心痛苦的事，努力亲近大自然，选择你们的朋友，于春风带来的鸟声中，于秋雨洒遍的田野间。一切的小生物都比久经世故的人类聪明、纯洁。这样你们才能永远保持孩子纯真的心，永远做只自由翔空的鸟儿；并且可用你们大公无私的纯情来拯救沉沦的人类。

亲爱的小鸟儿们，愿秋风带来你们清醇的歌声，更盼雁阵从这里过时，给我留下些你们的消息。

我心弦的繁音，将慢慢地向你们弹；我将告诉你们在这分别的两年中，我所经历的一切。我更想把江南温柔女儿的心音，弹给你们听。

再谈了，我亲爱的小鸟儿们！愿今夜你们的美羽，飞入我的梦魂！

（选自《华年周刊》1932 年第 1 卷第 25 期）

玫瑰的刺

当然一个对于世界看得像剧景般的人，他最大的努力就是怎样使这剧景来得丰富与多变化，想使他安于任何一件事，或一个地方，都有些勉强。我的不安于现在，可说是从娘胎里带来的，而且无时无刻不想把这种个性表现在各种生活上，——我从小就喜欢飘萍浪迹般的生活，无论在什么地方住上半年就觉得发腻，总得想法子换个地方才好，当我中学毕业时虽然还只有十多岁的年龄，而我已开始撇开温和安适的家庭去过那流浪的生活了。记得每次辞别母亲和家人，独自提着简单的行李奔那茫茫的旅途时，她们是那样的觉得惘然惜别，而我呢，满心充塞着接受新刺激的兴奋，同时并存着一肩行李两袖清风，来去飘然的情怀。所以在一年之中我至少总想换一两个地方——除非是万不得已时才不。

但人间究竟太少如意事，我虽然这样喜欢变化，而在过去的三四年中，我为了生活的压迫，曾经俯首帖耳在古城中度过。这三四年的生活，说来太惨，除了吃白粉条，改墨卷，做留声机器以外，没有更新鲜的事了。并且天天如是，月月如是，年年如是。唉！在这种极度的沉闷中，我真耐不住了。于是决心闯开藩篱，打破羁勒，还我天马行空的本色，狭小的人间世界，我不但不留意了，也再不为它的职权所屈伏了。所以在过去的一年中，我是浪迹湖海——看过太平洋的汹涛怒浪，走过繁嚣拥挤的东京，流连过西湖的绿漪清波。这些地方以西湖最合我散荡的脾味，所以毫不勉强地在那里住了七个多月，可惜我还是不能就那样安适下去，就是这七个月中我也曾搬了两次家。

第一次住在湖滨——那里的房屋是上海式的鸽子笼，而一般人或美其名叫洋房。我们初搬到洋房时，站在临湖的窗前，看着湖中的烟波，山上的云霞，曾感到神奇变化的趣味。等到三个月住下来，顿觉得湖山无色，烟波平常，一切一切都只是那样简单沉闷，这个使我立刻想到逃亡。后来花了两天工夫，跑遍沿湖的地方，最终在一条大街的弄堂里，发现了一所颇为幽静的洋房。这地方很使我满意，房前有一片苍翠如玉的桑田，桑田背后漾着一湾流水。这水环绕着几亩禾麦离离的麦畦。在热闹的城市中，竟能物色到这种类似村野的地方：早听鸡鸣，夜闻犬吠，使人不禁有世外桃源之想。况且进了那所房子的大门，就看见翠森森一片竹林，在微风里摇掩作态；五色缤纷的指甲花、美人蕉、金针菜，和牵牛、木槿都历历落落布满园中。在万花丛里有一条三合土的马路，路旁种了十余株的葡萄，路尽头便是那又宽畅又整洁的回廊。那地方有八间整齐的洋房，绿阴阴的窗纱，映了竹林的青碧，顿觉清凉爽快。这确是我几年来过烦了死板和繁嚣的生活，而想找得的一个休息灵魂的所在。尤其使我高兴的是门额上书着“吾庐”两个字。高人雅士原不敢希冀，但有了正切合我脾味的这个所在，谁管得着是你的“吾庐”，或他的“吾庐”？暂时不妨算是我的“吾庐”，我就暂且隐居在这里，何尝不算幸运呢？

在“吾庐”也仅仅住了一个多月，而在这一个多月中，曾有不少值得记忆的片段，这些片段正像是长在美丽芬芳的玫瑰树上的刺，当然有些使接触到它的人们，感到微微的痛楚呢！

捉　贼

当我们初到一个地方——一个陌生的地方，容易感到兴趣，但也最容易感到一种莫名其妙的疑惧，好像对于一个初次见面的朋友，多少总有些猜不透的感想。

当天我们搬到“吾庐”来——天气正是三伏，太阳比火伞还要灼人，大地生物都蒸闷得抬不起头来。我们站在回廊下看那些劳动的朋友们把东西搬进来，他们真够受，喉咙里想是冒了火，口张着直喘气，额角上的青筋变成红紫色，一根根地隆起来。汗水淋着他们红褐色的脸，他们来往搬运了足足有二十多趟，才算完事。他们走后，我同建又帮着叶妈收拾了大半天，不知不觉已近黄昏了，——这时候天气更蒸闷，云片呆板着纹丝不动，像一个严肃无情的哲人面孔。树木也都静静地立着，便是那最容易被风吹动，发出飒飒声音的竹叶，也都是死一般的沉寂。气压非常低，正像铅块般罩在大地上。这时候真不能再工作，那些搬来的东西虽只是安排了个大体，但谁真也不想再动一下。我们坐在回廊的石栏杆上，挥动大芭蕉叶，但汗依然不干。

吃过晚饭时，天空慢慢发生了变化。不知从哪里来了一股不合作的气流，这一冲才冲破了天空的沉闷。一阵风过，竹叶也开始歌唱起来，哗哗飒飒的声响，充满了小小的庭院。忽然一个巨大的响声，从围墙那里发出来，我们连忙跑去看，原来前几天连着下雨，土墙都霉烂了。这时经过大风，便爽性倒塌了。——墙的用处虽然不大，但总强似没有。那么这倒了半边的墙，多少让我们有点窘。墙外面是隔壁农人家里的场院，那里堆了不少的干草，柳荫下还拴着一头耕田的黄牛。“呵，这里多么空旷，今夜要提防窃贼呢！”我看到之后不由对建和自己发出这样的警告。建也有同感，他皱紧眉头说："也许不要紧，因为这墙外不是大街，只是农人的家，他们都有房产职业，必不致作贼。再说我们也是穷光蛋……不过倘使把厨房里的锅和碗都偷去，也就够麻烦的。" "是呵，我也有点怕。"我说。

"今夜我们留心些睡，明天我去找房东喊他派人来修理好了。"建在思索之后，这样对我说，这事情就这样解决了，大家都安然回到屋子里去。

"新地方总有些不着不落的。"我独自低语着。恰巧一眼又看到窗外黑黝黝的竹林，和院子中低矮而浓密的冬青树，这样幽怪的场所，——陡然使我想到一个眼露凶焰，在暗陬里窥望着我们的贼，正躲藏在那里。"哎呀!"我竟失声地叫了出来。建和同搬来的陈太太都急忙跑来问是见了什么？

我不禁脸红，本来什么都没见，只是心虚疑神疑鬼罢了，但偏像是见了什么。这简直是神经病吗？承认了究竟有点不风光，只好撒谎说是一只猫的影子从我面前闪过，不提防就吓得叫起来了。这算掩饰过了，不过这时更不敢独自个坐在屋里，只往有人的地方钻。

晚上睡觉的时候，也是抱着满肚子鬼胎的，不住把眼往黑漆的角落里望，很怕果真是见到什么。但越怕越要看，而越看也越害怕。最上的方法还是闭上眼，努力的把思想用到别方面去，这才渐渐地睡熟了。

在梦中也免不了梦到小贼和鬼怪一类可怕的东西。

恍惚中似有一只巨大的手，从脑后扑来，撼动我的头部。"糟了!"我喊着。心想这一来恐怕要活不成，我拼命地喊叫"救命"!但口里却发不出声音来，莫非声带已被那只大手掐断了吗？想到这里真想哭。隐隐听见有人在叫我的名字，我用力地睁开两眼一看，原来是建慌张地站在我的面前，他的手正撼动着我的头部——这就是我梦中所见到的大手。但时候已是深夜，他为什么不睡却站在这里，而且电灯也不开。我正怀疑着，只听他低声说：

“外面恐怕来了贼!”

“真的吗？你怎么晓得?”我问。

“我听见有人从瓦上走过的声音，像是到我们的厨房里去了。”“呀！原来真有人来偷我们的碗吗?”我自心里这么想着，但我说不出话来，只怔怔地看着建。停了一会儿，他说：

“我到外面看看去。”

“捉贼去吗？这是危险的事，你一个人不行，把陈喊起来吧!”我说。——陈是我们的朋友，他和夫人也住在我们的新居里，他是有枪阶级，这年头枪是好东西，尤其捉贼更要借重他。建很赞同我的提议，然而他有些着慌，本打算打开寝室的门，走过堂屋去找陈，而在慌忙中，门总打不开。窗外的竹林飒飒的只是响，颓墙上的碎瓦片又不住哗哗地往下落，深夜寂静中偏有这些恼人心曲的声响，使我更加怕起来。但为了建的缘故，我只得大着胆子走向门边帮他开门。其实那门很容易开，我微微用力一拧便行了，不知建为什么总打不开，这使得我们都有些觉得可笑。他走到陈的住房门口敲门，陈由梦中惊醒问道：“什么事呀!”

“你快点起来吧!”陈听了这话，便不再问什么，连忙开了房门，同时他把枪放在衣袋里。

“我们到院子里看看去，适才我听见些声响!”建说。

“好，什么东西，敢到这里来捣乱!”陈愤然地说。

陈的马靴走在地板上，震天价响，我听见他们打开堂屋的门走出去了。我两眼望见黑黝黝的窗外不禁怕起来，倘使贼趁他俩到外面去时，他便从前面溜进来，那怎么好？想到这里就打算先把房门关上，但两条腿简直软到举不起。于是我便作出蠢得令人发笑的事情来，我把夹被蒙住头，似乎这样便可以不怕什么了。

担着心，焦急地等待他们回来，时间也许只有五分钟，而我却闷出了一身大汗，直到建进来，我才把头从被里伸出来。

“怎么样，看见贼了吗?”我问。

“没有!”建说。

“你不是说听见有人走路的声音吗?”我问。

“真的，我的确是听见的，也许我们出去时，他就从缺墙那里逃去了!”建说。

“不是你作梦吧?”我有些怀疑，但他更板起面孔，一本正经地说道:“没有的话，我明明听见的，我足足听了两三分钟，才叫你醒来的。”

“园子里到处都看过了吗? 莫非躲在竹林子里吗?”我说。

“绝对没有，我同陈到处都看过了，竹林里我们看过两次，什么都没有看到，除了一只黑猫!”建说。

“没有就是了! ……不然捉住他又怎样对付呢?”我说。

“你真傻，这有什么难办，送到公安局去好了!”建说。

“来偷我们的贼，也就太可怜，我们有什么可偷? 偷不到还要被捉到公安局去，不是太冤了吗?”我说。

“世界上只有小贼才是贼，至于大贼偷名偷利，甚至于把国家都偷卖了，那都是人们所崇拜的大人物，公安局的人连正眼都不敢觑他一觑呢!”建说。

“你几时又发明了这样的真理!”

建不禁笑了，我也笑了，捉贼的一幕，就这样下了台。

池　旁

这所新房子里，原来还有一个小小的池塘，在竹林的前面的墙角边，今天下午我们才发现了。池塘中的水似乎不深，但用竹篙子试了试以后，才晓得虽不深，也有八九尺，倘若不小心掉下去，也有淹死的可能呢！

沿着池塘的边缘，石缝中，有几只螃蟹在爬着，据叶妈说里面也有三四寸长的小鱼——当她在那里洗衣服时，看见它们在游泳着。这些花园、池塘、竹林，在我们住惯了弄堂房子的人们从来只看见三合土如豆腐干大小的天井的，自然更感到新鲜有生机了。黄昏时我同建便坐在池塘的石凳上闲谈。

正在这时候门口的电铃响了一阵，我跑去开门，进来了两位朋友，一个瘦长脸上面有几点痘瘢的是万先生；另外一位也是瘦长脸，但没有痘瘢，面色比较近褐色的是时先生。

万先生是新近从日本回国，十足的日本人的气派，见了我们便打着日语道“シバラクデシタ”，意思是久违了，我们也就像煞有介事的说了一声“イラッシセイ”，意思是欢迎他们来。但说过之后，自己觉得有点肉麻，为什么好好的中国人见了中国人，偏要说外国话？平常听见洋学士洋博士们和人谈话，动不动夹上三两句洋文，便觉得头疼，想不到自己今天也破了例，洋话到底是现代的时髦东西咧！

说到那位时先生虽不曾到过外洋，但究竟也是二十世纪的新青年，因此说话时夹上两三个英文名辞，也是当然的了。

我们请他们也坐在池塘旁的石凳上。

——这时我的思想仍旧跑到说洋话的问题上面去：据我浅薄的经验，我永不曾听见过外国人互相间谈话曾引用句把中文的，为什么我们中国人讲中国话一定要夹上洋文呢？莫非中国文字不足表达彼此间的意思吗？——尤其是洋学士大学生们——当然我也知道他们的程度是强煞一般民众，不过在从前闭关时代，就不见得有一个人懂洋文，那又怎么办呢？就是现在土货到底多过舶来品，然则这些人永远不能互相传达思想了，可是事实又不尽然——难道说，说洋话仅仅是为了学时髦吗？“时髦”这个名辞究竟太误人了，也许有那么一天，学者们竟为了“时髦”废除国语而讲洋文，……那个局面可就糟！简直是人不杀你你自杀，自己往死里钻呵！……

我只呆想着这些问题，倒忘记招呼客人，还是建提醒说：“天气真热，让叶妈剖个西瓜来吃吧？”

我到里面吩咐叶妈拿西瓜，同时又拿了烟来。客人们吸着烟，很悠闲地说东谈西。万先生很欣赏这所房子，他说这里风景清幽，大有乡村味道，很合宜于一个小说家，或一个诗人住的。时先生便插言道：

“很好，这里住的正是一位小说家，和一位诗人！”

我们对于时先生的话，没有谦谢，只是笑了一笑。

万先生却因此想到谈讲的题目，他问我：

“女士近来有什么新创作吗？我很想拜读！”

“天气太热，很难沉住心写东西，大约有一个多月，我不曾提笔写一个字。听说万先生近来很译些东西，是哪一个人的作品？”我这样反问他。

“我最近在译日本女作家林芙美子的《放浪记》，这是一篇轰动日本现代文坛的新著作。”……万先生继续谈到这一位女作家的生平……

“真的，这位女作家的生活是太丰富了，她当过下女，当过女学生，也当过戏子，并且嫁过几次男人。……我将来想写一篇关于她的生活的文章，一定很有趣味！”

叶妈捧着一大盘子的西瓜来了，万先生暂时截断他的话，大家吃着西瓜，渐渐天色便灰黯起来。建将回廊下的电灯开了，隐隐的灯光穿过竹林，竹叶的碎影筛在我们的襟袖上，大家更舍不得离开这地方。池塘旁的青蛙也很凑趣，它们断断续续地唱起歌来。万先生又继续他的谈话：

“林芙美子的样子、神气，和不拘的态度都很像你。”他对我这样说。

“真的吗？可惜我在日本的时候没有去看看她，……我觉得一个人的样子和神气都能相像，是太不容易碰到的事情，现在居然有，……我倘使将来有机会再到日本去，一定请你介绍我见见她。……”

“她也很想见你。”万先生说。

“怎么她也想见我？……”我有些怀疑地问他。

“是的，因为我曾经和她谈过你，并且告诉她你在东京，当时她就要我替她介绍，但我在广岛，所以就没有来看你。”

谈话到了这里，似乎应当换个题目了，在大家沉默几分钟之后，我为了有些事情须料理便暂时走开。他们依然在那里谈论着，当我再回到池塘旁时，他们正在低声断续地谈着。

“喂，当心，拥护女权的健将来了！”建对我笑着说。

“你们又在排揎女子什么了？”

“没有什么，我们绝不敢……”时先生含笑说。

“哼，没有什么吗？你们掩饰的神色，我很看得出，正像说‘此地无银三十两’，不是辩解，只是口供罢了！”

这话惹得他们全哈哈地笑起来，万先生和时先生竟有些不大好意思，在他们脸上泛了点微红。

“我们只是讨论女性应当怎样才可爱？”万先生说。

“那为什么不讨论男性应当怎样才可爱呢？”我不平地反驳他们。

“本来也可以这样说。”万先生说。

“不见得吧！你们果真存心这样公平也就不会发生以上的问题！”我说。

“不过是这样，女性天生是占在被爱的地位上，这实在是女性特有的幸福，并不是我们故意侮辱女性！”时先生说。

“好了，从古到今女子只是个玩物，等于装饰品一类的东西，……这是天意，天意是无论如何要遵从的；不过你们要注意在周公制礼作乐之前，男女确是平等的呢！”

“其实这都不成问题，我们不过说说玩笑罢了！”万先生说。

他们脸上，似乎都有些不自然的表情，我也觉得不好深说下去，无论如何，今天我总是个主人，对于一个客人，多少要存些礼貌。——我们正当辞穷境窘的时候，叶妈总算凑了趣，她来喊我们去吃饭。

小小的猜忌

我们的新家，不断的有客来，——最近万先生因为喜欢这里的环境好，他就搬到我们的厢房里住着，使这比较冷静的小家庭顿然热闹起来。每天在午饭后，我们多半齐集在客厅里谈谈笑笑，很有意思，并且时先生也多半要来加入的。

有一天，天色有些阴黯，但仍然闷热，我们都不想工作，万先生虽比我们吃得苦，不管汗怎么流，他还伏在桌旁译他的文章，不过也只写了三五行，便气喘着到客厅里来，人人都有些倦，谈话也不起劲。正在这时，听见铃响，门响，最后是许多细碎的高跟皮鞋走在石子路的声响。我们知道有客来，然而想不起是谁，好奇心驱逐着我，离开沙发走到门口去欢迎。纱门打开后只见时先生领着两位时髦的小姐走了进来。——这两位小姐都是摩登式的，但一个是带有东方美人的姿态，长发掠得光光的披垂在肩上，身着水绿色镶花边的长旗袍，脚上穿着黑色的带钻花的漆皮鞋，长筒肉色丝袜，态度称得起温柔婉媚，只是太富肉感，同时就不免稍嫌笨重。至于那一位呢，面容是比较清瘦，但因为瘦，所以脖颈就特别显长，再穿上中国化的西装，胸部的上端完全露在外面，更使人觉得瘦骨如柴的可怜了，她也是穿的黑皮鞋，肉色长筒袜，但是衣服是鲜艳的桃色。时先生呢，还是穿的他那件已经旧了的白色夏布大衫。“究竟女子是被人爱的。”我莫名其妙地又想到这句话，神情呆板的忘却招呼这两位尊贵的来客，而客人竟来和我行握手礼。我有些窘，连忙问好，又请她们坐，仿佛在云端里似的忙乱了一阵。

这两位客人，绝不是初会，所以彼此间谈到别后的情形，竟至滔滔不绝，这一来把万先生和时先生都冷落在一旁，但我觉得他们也还感兴趣，大约这又是两位摩登小姐的魔力了。

天将近黄昏了，西北方的阴云更积得厚起来，两位小姐便站起来告辞，我当然要挽留她们再坐一坐，不过快到夜饭的时候了，家里没有留客吃饭的菜，也不敢着实地留住她们。而万先生和时先生挽留她们的态度就比我诚恳多了。两位小姐就允许明天早些来同我们玩个整天。

客人走后，我们仍旧回到客厅里来。

“你们看这两位小姐够得上几分？建！”万先生说。

“你们说说看。”建不曾具体答复。

“我说那位胖些的芝小姐还不错，可以得个七十五分；菡小姐呢，太瘦了，并且背似乎还有些驼，最多只得六十五分。”时先生这样批评。

“我觉得她们都很平常，大概也只能得这个分数吧！”建沉思后这样说了。

万先生听见他们两人的谈话，似乎有些不平，他很起劲地站起来，走到放在房中间的圆桌旁，倒了一杯茶喝过之后说：

“我的意思和你们两位正相反，我觉得菡小姐比芝小姐好，芝小姐那么胖，只能给人一些肉的刺激。菡小姐却有一种女性的美，眉梢眼角很有些动人处。”

“当然你是情人眼里出西施呀！”时先生似开玩笑似讥讽地说，“你们不晓得万先生对于菡小姐是一见倾心，他屡次在我面前夸奖她呢!”

“这真笑话，我老万何至于那么无聊!”万先生说。

“你何必说那样的撇清话呢，这个年头谁没有一两件浪漫事儿呢?”时先生打趣般地说。

“好了，老时你为什么不说说你自己的浪漫史呵!”万先生报复地说。

“万先生和时先生本来是很好的朋友，你们彼此间的浪漫史，自然谁也不必瞒谁，何妨说出来给我们听听呢?”我说。

“你们不晓得老时从前有许多爱人，就是那位玉小姐他也曾爱过。”万先生说。

“既是有过爱人怎么不爱到底呢?”建问。

“大约玉小姐又有了新欢吧?……这个年头的小姐们真不容易对付，因为恋爱不知害了多少好青年?”万先生说。

“不过恋爱到底是富于活跃的生命的，无论怎么可怕，我还是要爱，只可惜现在没有相当的对象。喂，你们也替我帮帮忙呵!”时先生说。

“你是不是想向芝小姐进攻?”万先生问。

“那也不一定……你呢?……不过你已经有了老婆，当然用不着了。”

“哦，万先生已经结过婚吗?……那真有点不对，前天晚上，你还要我替你介绍一个老婆，我幸喜还没替你进行!……”万先生本来说他需要一个老婆，我以为他还不曾结婚呢，时先生今夜无意中泄漏了他的秘密，我又责问他，自然他大不高兴，但他也不好说什么，只是无精打采地沉默着。

一个小小猜忌的根芽就在这时候种下了。

第二天我们伴着两位小姐去游湖，划子到岳王庙时，我们上了岸，到附近的杏花村去吃饭。

杏花村是一个很有幽趣的所在，小小的园子里有几座灵巧的亭子，我们就在西南的那一个亭子里坐下。伙计在那铺着的白色的台布上安放了象牙箸、银匙、酒杯，随后就端了几盆时鲜的雪藕和板栗来。

在吃栗子的时候，万先生剥了一个送到菡小姐的面前说：“请吃一个！”

“老万又要碰钉子了！”时先生插嘴说。

果然菡小姐将栗子送了回来说：“万先生请自己吃，我们虽是弱者，但剥栗的力量还有。”

“哈哈……”全桌的人都笑了。

万先生真不好意思，由不得迁怒到时先生身上：

“老时你何必专门敲边鼓！”

时先生不说什么，只是笑。万先生也沉默起来，而那两位小姐却高谈阔论得非常起劲。

今夜大家都喝了些酒。时先生格外高兴地同两位小姐攀谈着，只有万先生一声不响地望着湖水出神。

“老万！怎么不说话，莫非见景生情，想到日本的情人吗?”时先生似挑拨般地说。

“真怪事，我老万有没有情人想不想情人，与你老兄有什么关系？何必这样和我过不去！”万先生真有些气愤了。

为了他俩的猜忌，我们也没有兴致。

在回来的路上，建如有所感地对我说：

“女人究竟是祸水，为了一个女人，可以亡国，可以破家，当然也可以毁了彼此间的友谊！何况小小的猜忌！”

一阵暴风雨

吃过午饭后建出去看朋友。

万先生陈太太和我都在客厅里坐着。不久时先生也来了，今天那两位小姐还要来——我们就在这里等候她们。

始终听不见门上的电铃响，时先生和我们都在猜想她们大概不来了。忽然沉默的陈太太叫道："客人来了！客人来了！"万先生抢先地迎了出去，一个面生的女客提着一个手提箱，气冲冲地走了进来：

"这里有没有一位张先生?"

"有，但是他出去了。"

"什么时候回来?"

"那我们不清楚！……您贵姓?"万先生问她。

"我吗？姓张。"

"是张先生的亲眷吗？从哪里来?"

"是的。我从上海来！"

万先生殷勤地递了一杯茶给她，她的眼光四处溜着神气不善，我有些怀疑她的来路，因悄悄地走了出来，并向万先生和时先生丢了一个眼色。他们很机警，在我走后他们也跟了出来。

"你们看这个女人，是什么路道?"我问。

"来路有点不善，我觉得，……你同张先生很熟，大约总有点猜得出吧！"

张先生是我一个很好的朋友，他最近也搬到此地来住。他是一个好心的人，不过年轻的时候，有些浪漫。我曾听他说，当他在上海读书的时候，曾被一个咖啡店的侍女引诱过，——那时他住在学校附近的一所房子的三层楼上。有一天他到咖啡店里去吃点心，有一个女招待很注意他，——不过那个女招待样子既不漂亮，脸上还有历历落落的痘瘢，这当然不能引起他的好感。吃过点心后他仍回到家里去。

过了一天，他正在房里看书，只见走进一个女子——这突如其来的不速之客当然使他不由得吃惊，不过在他细认之后，就看出女子正是咖啡店里注意他的侍女。

“哦，贵姓张吗？……请将今天的报借我看看。”

张先生把报递给她，她看过之后，仍旧坐着不动。

当然张先生不能叫她走，便和她谈东说西地说了一阵，直到天黑了她才辞去。

第二天黄昏时，她又来找张先生，她诉说她悲苦的身世，张先生是个热心肠的人，虽不爱她，却不能不同情她没有父母的一个孤苦女儿，——但天知道这是什么运命，这一天夜里，她便住在张先生的房里。

这样容易的便发生关系，张先生不能不怀疑是上了当，因此第三天就赶紧搬到他亲戚家里去了。

几个月之后，那个女子便来找他，在亲戚家里会晤这样一个咖啡店的侍女，究竟不风光，因此他们一同散步到徐家汇那条清静的路上去。

“你知道，我现在已经发觉生理上起了变化。”她说。

“什么生理上起了变化？我不懂你的意思！”但张先生心里也有点着慌，莫非说，就仅仅那夜的接触，便惹了祸吗？……

“怎么你不懂？老实告诉你吧，我已经怀了孕。”

“哦！”张先生怔住了。

“现在我不能回到咖啡店去，我又没有地方住，你得给我想想法子。”她说。

张先生心里不禁怦怦地跳动，可怜，这又算什么事呢？从来就没想和这种女人发生关系，更谈不到和她结婚，就不论彼此的地位，我对她就没有爱，但竟因她的引诱，最后竟得替她负责！……

张先生低头沉思着，一句话也说不出。

“你怎么不响？……我预备明天就搬出咖啡店，你究竟怎么对付我？”

“你不必急，我们去找间房子吧！”

总算房子找到了，把她安置好，又从各处筹了一笔款给了她，张先生便起身到镇江去做事。

两个月以后她来信报告说已经生了一个女孩。

这使张先生有点觉得怪，怎么这么快？不到六个月便生了一个女孩，……但究竟年轻，不懂得孩子到底可否六个月生出？因脸皮薄，又不好对旁人讲。

张先生从镇江回来时曾去看她，并且告诉她将要回到北方的家里去。

“你不能回去，要走也得给我一个保障！”那女子沉思后毅然绝然地说。

“什么保障？”张先生慌忙地问。

“就是我们正式结了婚你再走！”那女子很强硬地要求。

“那无论如何办不到！我已经订过婚。”张先生说。

“订过婚也没有关系，现在的人就是娶两个妻子并不是奇事，而且我已经是这个光景，怎能另嫁别人？”

“无论你的话对不对，我也得回去求得家庭的许可才是！”

“好吧，我也不忍使你为难，不过至少你得写一张婚书给我，不然你是走不得的。”

张先生本已定第二天就走，船票已经买好，想不到竟发生这些纠葛。“好吧！”张先生说，“你一定要我写，我就写一张！”

于是他在一张粗糙的信笺上写了：

“为订婚事，张某与某女士感情尚称融洽，订为婚姻，俟张某在社会上有相当地位时，再正式结婚……”

这么一张不成格式的婚书总算救了张先生的急。

张先生回到北方去后，才晓得那个孩子并不是他的。过了两个月，孩子因为生病死了，张先生的责任问题很自然地解除了。从那时起，张先生便和那女子断绝了关系，不知怎么今天她又找了张先生来……

我同万先生和时先生正谈讲着，那位女客竟毫不客气地走了进来。

“张先生究竟什么时候回来？”

万先生道：“那说不定，这里是一个姓陈的军官的房子，我们都是客人……”

“军官吗，军官我也不怕！”那女子神经过敏地愤怒起来。

“哦，我并没有说你怕军官，事实是如此，我只把事实告诉你……你不是找张先生吗？……但这里也不是张先生的房子，他也只是借住的客人！”万先生有些不高兴地说。

那女客没有办法又回到客厅里去，万先生和时先生也跟了进去。

“我从早晨六点钟从上海上车到此刻还没有吃东西，叫娘姨替我买碗面吃。”她说。

“她真越来越不客气，大有家主妇的神气。”万先生自心里想，但不好拒绝她，便喊娘姨来。可是娘姨的眼光是雪亮的，这种奇怪的女客没得主人的命令，她们是不轻易受支配的。

一个新来的湖南娘姨走了进来。

“万先生喊我什么事？”她说。

“你去给买一碗面来，这位女客要吃！”

“我是新来的，不晓得哪里有面卖。而且我正哄着小妹妹呢，你叫别个去吧！”她说完头也不回地走了。万先生无故地碰了一个钉子，正在没办法的时候，门口响着马靴的声音，军官陈先生回来了。

这位陈军官是现代的军人，他虽穿着满身戎装，但人却很温文客气。

“好了，陈先生回来了，您有什么事尽可同陈先生说，他是这里的主人……”万先生对那个女子说。

“陈先生您同张先生是朋友吧!”她问。

“不错，我们是朋友。”陈先生说。

“那就好办了。唉，张先生太不漂亮了，为什么躲着不见我!”女子愤然地说。

“女士同张先生也是朋友吗？什么时候认识的？”陈先生问。

“我们呀也可以说是朋友，但实际上我们的关系要在朋友以上哩!”

“那么究竟是哪种关系呢？……怎么我从来没听张先生说过。”

“这个你自己去问张先生，自然会明白的。”

“那且不管他，只是女士找张先生有什么事？……张先生也是初搬到这里暂住，有时他也许不回来，……我看女士无论有什么事告诉我，我可以替你转达，好吧？”

“不，我就在这里等他，今天不回来明天总要回来了!”女子悍然地说。

“但是女士在这里究竟不便当呵。”

“也没有什么不便当，我今夜就在这里坐一夜，再不然就在院子里站一夜也不要紧!”

“女士固然可以这么作，可是我不好这样答应，不但对不起女士，也对不起张先生的。我想女士还是把气放平些，先到旅馆里去，倘使张先生回来了，我叫他去看你，有什么问题你们尽可以从长计议，这样不是两得其便吗？”陈先生委婉地说。

“但是我一个孤身女子住旅馆总不便当，而且我们上海也有许多亲戚朋友，说来不好听。”陈先生听见那女子推辞的话，不禁冷笑一声，正在这时候门外又走进两位女客，正是我们所期待的芝小姐与菡小姐了。她们走进来看了这位面生的女客，大家都怔住不响。

“我想女士还是先到旅馆去吧，一个女子住旅馆并不算稀奇的事，你看这两位小姐不也是住在旅馆里吗?”陈先生指着芝小姐和菡小姐说。

“不过她们是两个人呵!”她说。

“住旅馆有什么要紧，我在上海时还不是一个人住旅馆，像我们这种离家在外求学的人，不住旅馆又住在什么地方?没有关系的……”

“是呵，难道说她们两位住得，女士就住不得?……而且我这里还有熟识的旅馆可以送女士去。”

最后女子屈服了：“好吧，我就到旅馆去。”她说，“不过倘张先生不到旅馆来见我，我明天还是要来的。”她说。

“我想张先生再不会不见你的，放心好了!”陈先生说。

陈先生同着这位女客走了，一阵暴风雨也就消散了。

“你们猜要发生什么结果?”菡小姐说。

“不过破费几个钱，把那张婚书拿回来就完，还有什么大不了的事?”万先生说。

“对了，我看她的目的也不过要敲一笔竹杠而已。”

——这小庭园里一切都恢复了原状，正如暴风雨过后的晴天一样恬适清爽。

她

这几天我正在期待着一个朋友的来临，果然在一天的黄昏时她来了。

——我们不是初见，但她今夜的丰度更使我心醉，一个脸色润泽而体态温柔的少妇，牵着一只西洋种的雄狗，款步走进来时，使我沉入美丽的梦幻里。如钩的新月，推开鱼鳞般的云，下窥人寰，在竹林的罅隙间透出一股清光，竹叶的碎影筛在白色的窗幔上，这一切正是大自然所渲染出最优美的色与光。

我站在回廊的石阶旁边迎接她，我们很亲切地行过握手礼。她说："我早就想来看你，但这几天我有些伤风，所以没有来。"

那只披着深黄色厚裘的聪明的小狗，这时正跟在它主人的身旁，不住地嗅着。

Coming这是小狗的名字，当它陡然抛开女主人跑向园角的草丛时，女主人便这样的叫唤它。真灵，它果然应声跳着窜着来了。我们就在廊下的藤椅上坐下。

成群的萤火虫从竹林子里飞出来，像是万点星光，闪过蔚蓝色的太空，青蛙开始在池旁歌唱了。"这里景致真好!"她赞美着。

"以后你来玩，好不?"我说。

"当然很好，只是我不久便打算到北平去!"

"做什么去?……游历吗?"

"也可以算作游历……许多人都夸说北平有一种静穆的美，而且又是中国文化的中心地点，所以我很想到北平去看看，同时我也想在那边读点书。"

"打算进什么学校?"

"我想到艺术学院学漫画。"

"漫画是二十世纪的时髦东西咧!"我说。

"不，我并不是为了时髦才学漫画，我只为了方便经济……你知道像我这样无产阶级的人，学油画无论如何是学不起，……其实我也很爱音乐，但是这些都要有些资本……所以我到如今颇后悔当初走错了路，我不应当学贵族们用来消遣的艺术。"

“你天生是一个爱好艺术，富于艺术趣味的人，为什么不当学艺术?”

“但是一切的艺术都是专为富人的，所以你不能忘记经济的势力。”

“的确这是个很重要的前提。”

我们的谈话陡然停顿了，她望着那一片碧森森的翠竹沉思，我的思想也走入了别一个区域。

真的，我对她有一种莫名其妙的同情与好感，也许是因为把她介绍给我的那一位朋友，给我的印象太好。——那时我还在北平，有一天忽然接到一封挂号信，信的字迹和署名对我都似乎是太陌生，我费很久的思索，才记起来，——是一年前所结识一位姓黎名伯谦的朋友——一个富有艺术趣味的青年，真想不到他此时会给我写信，我在下课的十分钟休息时间中，忙忙把信看了。里面有这样的一段：

“我替你介绍一个同志的好朋友，她对于艺术有十分的修养，并且其人丰度潇洒，为近今女界中不多见的人材，倘使你们会了面一定要相见恨晚了，她很景慕北平的文风之盛，也许不久会到北平去……”

我平生就喜欢丰度潇洒的人，怎么能立刻见到她才好，在那时我脑子里便自行构造了一种模型。但是我等了好久，她到底不曾到北平来，暑假时我也离开北平了。

去年冬天，我从日本回来时，住在东亚旅馆里，在一天夜里，有三位朋友来看我，——一个男的两个女的，其中就有一个是我久已渴慕着要见的她。

——一个年轻而丰度飘逸的少女，坐在我对面的沙发上，身上穿了一件淡咖啡色西式的大衣，衣领敞开的地方，露出玫瑰红的绸衫，左边的衣襟上，斜插着一朵白玫瑰。在这些色彩调和的衣饰中，衬托着一张微圆的润泽的面孔，一双明亮的眼瞳温和地看着我。……这是怎样使人不易消灭的印象呵，但是我们不曾谈过什么深切的话，不久他们就告辞走了。

春天，我搬到西湖来，在一个温暖的黄昏里，我同建在湖滨散着步，见对面走来一对年轻的男女——细认之后原来正是她同她的爱人，我们匆匆招呼着，已被来来往往的人影把我们隔断了。

从此我们又彼此不通消息，直到一个月以前，她同爱人由南方度过蜜月再回杭州来，我们才第二次正式的会面。他们打算在杭州常住，因此我们便得到时常会面的机会。

“你预备几时到北平去呢?”在我们彼此沉默很久之后我又这样问她。

“大约在一个星期之后吧。”

“时间不多了，此次分别后又不知什么时候再能聚会……希望你在离开杭州以前再到我这里来一次吧!”

“好，我一定来的，你下半年仍住在杭州吗?这里真是一个好地方，不过太住久了也没有什么意思，到底嫌太平静单调，你觉得怎样?”

“不错，我也就这样的感觉着了。所以我下半年大约要到上海去，同时也是解决我的经济问题!”

“唉，经济问题——这是个太可怕的问题呢，我总算尝够了它的残酷，受够了它的虐待……你大约不明白我过去的生活吧!”

“怎么?你过去的生活……当然我没有听你讲过，但是最近我却听到一些关于你的消息!”

“什么消息?”

“但是我总有些怀疑那情形是真的，……他们说你在和你的爱人结婚以前，曾经和人订过婚!”

“唉，我知道你所听见不仅仅是这一点，其实说这些话的人恐怕也不见得十分明白我的过去，老实说吧，我不但订过婚，而且还结过婚呢!”

她坦白的回答，使我有些吃惊，同时还觉得有点对她抱愧，我何尝不是听说她已结过婚，但我竟拿普通女子的心理来揣度她。其实一个女子结了婚，因对方的不满意离了婚再结婚难道说不是正义吗？为什么要避讳——平日自己觉得思想颇彻底，到头来还是这样掩掩遮遮的，多可羞。我不禁红着脸，不敢对她瞧了。

“这些事情，我早想对你讲，——你知道这个世界上，有同情心的人不多呢，尤其像你这样了解我的更少，所以我含辛茹苦的生活只有向你倾吐了。”

实在的，她的态度非常诚恳，但为了我自己的内疚，听了她的话，我更觉忸怩不安起来。我只握紧她的手，含着一包不知什么情绪的眼泪看着她。——这时冷月的清辉正射着她幽静的面容，她把目光注视在一丛纯白的玉簪花上，叹了一口气说：

“在我还是童年的时代，而我已经是只有一个弱小的妹子的孤儿了。这时候我同妹妹都寄养在叔父的家里。当我在初小毕业的那一年，我弱小的妹妹也因为孤苦的哀伤而死于肺病。从此我更是天地间第一个孤零的生命了。但是叔父待我很亲切，使我能继续在高小及中学求学，直到我升入中学三年级的那一年，叔父为了一位父执的介绍将我许婚给一个大学生，——他年轻老实，家里也还有几个钱，这在叔父和堂兄们的眼里当然是一段美满姻缘。结婚时我仅仅十七岁。但是不幸，我生就是个性顽强的孩子，嫁了这样一个人人说好的夫婿，而偏感到刻骨的苦痛。婚后十几天，我已决心要同他离异，可是说良心话，他待我真好，爱惜我像一只驯柔的小鸟，因此他忽视了我独立的人格。我穿一件衣服，甚至走一步路都要受他的干涉和保护，——确然只是出于爱的一念，这也许是很多女人所愿意的，可是我就深憾碰到了这样一位丈夫。他给了我很大的苦头吃，所以我们蜜月时期还没有完，便实行分居了。分居以后我的叔父和堂兄们曾毫不同情地诘责我，但是那又有什么效果？最后我毅然提出离婚的要求，经过了很久的麻烦，离婚到底成了事实。叔父和堂兄宣告和我脱离关系。唉，这是多么严重的局面！不过‘个性’的威权，助我得了最后的胜利，我甘心开始过无告但是独立的生活。

“我自幼喜欢艺术，那时更想把全生命寄托在艺术上。于是我便提着简单的行装来到杭州艺术大学读书。在这一段艰辛的生活里，我可算是饱受到经济的压迫。我曾经两天不吃饭，有时弄到几个钱也只买一些番薯充充饥。这种不容易挣扎的岁月，我足足挨了两个多月。后来幸喜遇见那位好心的女教授，她含泪安慰我，并且允许每月津贴我十块钱的生活费，嘱我努力艺术……这总算有了活路。

“那时候我天天作日记，我写我艰辛的生活，写我伤惨的怀抱，直到我和某君结婚后才不写了。前几天我收拾书箱把那日记翻来看了两页，我还禁不住要落泪，只恨我的文字不好，不能拿给世上同病的人看……”

“不过真的艺术品是用不着人工雕饰的，我想你还是把它发表了吧！”

“不，暂且我不想发表它，因为自始至终都是些悲苦的哀调，那些爱热闹的人们不免要讥责我呢！”

“当然各人的口味不同，一种作品出版后很难博得人人的欢心。不过我以为在这个世界上究竟是欢乐的事情太少，那一个人的生命史上没有几页暗淡的呢？……将来我希望你能给我看看！”

她没有许可，也不曾拒绝，只是无言地叹了一口气。

那只小狗从老远的草堆中窜了出来，嗅着它主人的手，似乎在安慰她。

“我真喜欢这只狗！”她说。

“是的，有的狗很灵……”

“这只狗就像一个聪明的小孩般地惹人爱，它懂得清洁，从来不在房里遗屎撒尿，适才你不是看见它跑到草堆里去吗？那就是去撒尿……”

“原来这样乖！”

她不住用手抚摸小狗的背。我从来对于这些小生物不生好感，并且我最厌恶是狗，每逢看见外国女人抱着一只大狼狗坐在汽车上我便有些讨厌。但今天为了她，我竟改了平日对狗的态度，好意地摸了它的头部，它真也知趣，两眼雪亮地望着我摆尾。

这时月光已移到院子正中来，时间已经不早了，几只青蛙在墙阴跳踉。她站起身整了整衣服道：

“我回去了，一两天再会吧！”

她的车子还等在门口，我送她上了车便折回来，走到院子里见了那如水的月光、散淡的花影恍若梦境。

时先生的帽子

我们的客厅，有时很像法国的“沙龙”。常来拜访的客人有著作家、诗人，也有雄辩家，每天三四点钟的时候，总可以听见门上的电铃断续地响着。在这样的响声中，走进各式各类的客人，带着各式各类的情感同消息。——炎夏不宜于工作，有了这些破除沉闷空气的来宾总算不坏。

这一天恰巧是星期日，那么来的人就更多了。因为陈先生的缘故，也很有几个雄赳赳的武装同志光临。他们虽不谈文艺，但很有几个现代的军人，颇能欣赏文艺。这一来，谈话的趣味更浓厚了。

“我很想写一篇军人的生活。”我说。

“啊，说到军人的生活，真是又紧张又丰富的。我也觉得很有写的价值，只可惜我们没有艺术的训练！”一位高身材的上校说。

“喂，你们军队里收不收女兵？”我问。

“怎么？你想从军吗？……不过你的体格不够……前些日子有一位女同志曾再三要求到军队里来，最初当然不能通过，后来经过多方面的商榷，才允许让她来检察体格，但结果是失败了。而且她的身体真不坏，个子比你高得多呢！可是和男子比起来还是不行！”另一位脸上微有痘瘢的中尉说。

“这样看来，我是没有希望写军队生活一类的小说了。”我很扫兴地说。

“我看也不尽然，当兵你固然没有希望，但作看护妇是可以的。”陈先生说。

“好，将来你去打仗的时候，就收我作看护队队员吧！”

“你何必一定要写军队生活……我看你就替我的帽子作一篇小传吧！”时先生忽然举起他的陈旧的草帽向我笑着说。

“怎么，你的帽子有什么样历史吗？”

“唉，你们作文学的人，难道还观察不出我这帽子有点特别吗？”我听了这话，不禁把时先生的帽子拿来仔细地看了又看——帽子是细草编就的，花纹是四棱形，没有什么出奇处，但是颜色有些近于古铜，很明显地告诉我，这帽子所经过风吹日晒的日子至少在五年以上。再翻过帽子里来看，那就更不得了，黝黑的垢腻，把白色的布质完全掩盖住。

“呵，你从哪个古物陈列所里买得这顶帽子？”我说。

“哈，哈，哈，哈。”时先生大笑道，“那也不至于就成了古物吧？你们文学家真会虚张声势。老实说吧，这帽子在我头上盘旋的时候，不多不少，整整六个年头。”

“你真太经济，一顶草帽竟戴上六个年头！”建说。

“不，我并不是经济，只是这顶帽子曾经伴着我，经过最甜和最苦的日子，所以我不忍弃了它。”

“哦，原来如此。那么请你的帽子说说它的汗马功劳吧！”我说。

“好吧，我来替它说。可是有一个条件，我说完你一定要替我写一写。”

“那也要看值不值写。”

“密司黄，你就答应他，我晓得那里面一定有一段有趣的浪漫史……”陈先生含笑说。

“既然如此我就答应你。……请你开始述说吧！”

那几位武装同志，都挺直着身子坐在旁边，笑眯眯地等待时先生的陈述：

“自从我被命定成了一顶帽子，我就被陈列在上海大马路的一家铺子的玻璃橱里。在我的四周有很多的同伴，它们个个都争奇斗艳地在引诱过往的游人。果然有西装少年，长衫阔少，都停住脚，有的对它们看一看，便走开了。有的摸一摸也就放下了。有的像是对它们更亲切些，把它们拿下来摸着看着，最后放在头上试了试，但很少能终得人们的欢心，最后依然把它们放在橱里，毫不留恋地去了。我看了这个情形心里很悲哀，不知哪一天才有好主顾呢！正在这时候，只见从外面走进一个身穿夏布大褂的青年来，他站在橱旁把所有的同伴看了又看，试了又试，最后他竟看上了我，他欣然地把我戴在头上，从此我便跟着这位青年去了。

“第一次他把我带到他的家里，放在他的书桌上，他拿起一根香烟，燃了自来火吸着，他像是在沉思什么，不久他便拿出一张美丽的绿色信笺写了一封信给他的女友琼。他约她今晚在夏令配克看电影。我晓得今天晚上该我出风头了，我不禁喜欢地跳了起来，不小心几乎掉在地上。幸喜我的主人把我挡住，我才得安然无恙地伏在桌上。

“晚饭后我的主人一切都料理停当——皮鞋擦得雪亮，衣服穿得整整齐齐，又对着镜把头发梳了又梳，然后把我戴在头上，意气扬扬地出门去了。

“到电影场时他买了两张头等的入场券，看看时间还早，他便不忙到里面去，只在门口徘徊着。九点钟到了，来看电影的人接连不断往里走，但还没有看见那位琼女士的仙踪。眼看场里的电灯全熄了，那位琼女士才姗姗地来了。他们在电影场虽然没有谈说什么，可是我也知道主人很爱这位琼女士，因为主人常常侧转头向琼女士好意地注视着。从这一次后，我常常同着主人会琼女士在公园里、电影场，有时也在大菜间里。

“不久秋天到了，一阵阵的凉风吹着，主人便对我起了憎嫌，暂且把我放在帽盒里。在我们分别的一段时间中，我不能知道主人又经过些什么变化。

“第二年的夏天来时，我又恢复了和主人的亲切关系，但是主人那时候似乎遇见了什么不幸的事，他总不大出门，只在书房里呆坐着，有时还听见他低声的叹息。唉！究竟为了什么呢？我真怀疑，便整天守着他，打算探出他的秘密。有一天夜里，全家的人都睡了，只有主人对着窗外的月儿出神。后来他从屉子里拿出一张如红色的片子来……

某月某日某君和琼女士结婚

“‘呵，这就是了！’我不禁独自低语着，‘怪不得主人那样不高兴呢，原来那位美丽的琼女士竟被别人占有了。’这时主人看着片子，竟至滴下泪来。多可怜那失恋的人儿。

“过了几天我看见主人收拾了书籍衣物，像是要长行的神气。‘到哪里去呢？’我怀疑着，‘为什么要离开自己的家乡呢？’可怜的主人近来更忧郁更憔悴了。

“在一天东方才有些发亮的时候，主人就起来，坐在什物杂乱的书案旁，在一张白色的信笺上写道：

“‘唉！我走了，走到天之涯地之角去，琼既然是不能给我幸福，我在这里只增加苦恼，反不如远去的好。幸福往往只给走运的人，我呢！正是爱情上失败的俘虏……’

“主人写了这张不知给什么人的信，他将信压在砚石下就匆匆拿着简单的行李走了。从此我同着主人过飘流的生活，在南洋的小岛上整整住了三年，主人似乎把从前的伤心事渐渐淡忘了，今年便又回到这里……”

时先生陈述到这里便停住了，所有在坐的人们不禁望望时先生憔悴的面靥，同时也看看那顶值得留存的帽子，大家的心灵上都微微觉得曾闪过一道黯淡的火花。

夜深了，这时来宾全兴尽告辞，时先生也怅然地拿着他的帽子，穿过那条长甬道去了……

（选自《玫瑰的刺》，中华书局 1933 年 3 月版）

今后妇女的出路

时代的轮子不停息地在转动，易卜生早已把妇女的出路指示了我们。当然娜拉的出走，是不容更有所迟疑的。不过在事实上，娜拉究竟是太少数，而大多数的妇女呢，仍然作着傀儡家庭中的主角。而且有一些懒散惯的妇女，她们拿拥护母权作挡箭牌，暗地里过着寄生的享乐生活。另有一部分人呢，因为脑子里仍存着封建时代的余毒，认定“男治外女治内”的荒谬议论，含辛茹苦作一个无个性的柔顺贤妻，操持家务的良母。同时许多男性中心的教育家，惟恐妇女有了本事，不利于男人们，便极力地反对妇女到社会上去。什么妇女的智力体力赶不上男人罗，又是贤妻良母是妇女惟一的天职罗，拿这些片面之辞的帽子压到妇女头上，使她们不得不回到家里去。

其结果呢，一失掉了独立的人格，二失掉了社会的地位，三埋没了个性。真是为害不浅呢！不信，听我细细说来：

一、失掉了独立的人格。妇女回到家里去，她们的世界除了家庭还是家庭，她们所应付的，也仅仅是家庭里的几个人，她们的能力，也仅仅懂得一些琐碎杂务的操持，一旦叫她们离开家庭到社会上来，对于一切都感到陌生，无法应付，结果只好躲在男人背后，受尽他们的支配，任他们去宰割，爱之当宝贝，恶之弃若敝屣；而妇女呢，还得继续受下去。因为她们已失掉了独立的人格，这种结果，便造成畸形的病态的社会了。

二、失掉了社会的地位。不论男女，天经地义地应取得社会地位。人类对于社会负有义务，当然也应享有权利。而妇女们对于社会似乎不负责任，当然社会的一切利权、设施，也只以男子为对象。但是妇女为什么对社会不负责任？为什么不想享受社会上的权利？不怪别的，只怪她们错误了。她们把自己锁在家里，使男子得有垄断社会事业的机会，使男子的势力膨胀到压得妇女不能喘气，唉，这是多么悲惨的现象呢！

三、埋没了个性。妇女的天性，果然有些和男子不同，但不同，也要看环境的，如果男女的环境完全一样，其不同之点，与其说是心理上的，不如说是生理上的更多些，而生理上的不同，也可以加以人力，而使之能力方面，无所差别。比如说乡间的妇女，她们能锄地、挑柴。男人呢，也能作裁缝理发等细腻工作，如此看来，人类只有个性的差异，而无男女间的轩轾。所以妇女们虽有喜欢在家庭操持家务，抚育儿女的，但也有许多人是喜欢作科学家、政治家、教育家、工程师、医生种种的事业。而既往的妇女，也为了回到家里去，埋没了个性，牛马般地作着不愿意作的工作。这不但是妇女的损失，也是国家的损失，甚至还是人类的损失呢！

就以上三点看来，主张妇女回到家里去的论调，当然算不得正确。不过在家庭制度还存在的今日，我们也不能说所有的妇女都到社会上去，置家事于不顾。那么如之何而后可呢？我以为家庭是男女共同组织成的，对于家庭的经济，固然应当男女分担；对于家庭的事务，也应当男女共负。除了妇女在生育期中，大家都当就其所长服务社会，求得各人经济之独立。男女间只有互助的、共同的生活，而没有倚赖的生活。

至于对于家务的料理，子女的教养，职业妇女似乎有不能兼顾之弊。但我们不能因噎废食，并且也不是绝对没有补救的方法，如果我们能找到一个性近于家事，而妥当的保姆，替我们整理家务，保育子女，在她们也是一种职业，不害她们的人格独立、经济独立、个性发展，种种方面，这所谓之两不相害而且相成。

所以我对于今后妇女的出路，就是打破家庭的藩篱到社会上去，逃出傀儡家庭，去过人类应过的生活，不仅仅做个女人，还要做人，这就是我唯一的口号了。

（原载《女声》1933 年 3 月 16 日第 1 卷第 12 期）

著作家应有的修养

所谓著作家，当然不仅是文学的著作家而已，其他如社会科学、哲学等著作者亦统称之为著作家。但本文所说的著作家，是专指文学的著作家而言，而且还是指文学创作的著作家而言。当然我不是学者，我仅仅是个努力创作的人而已，我所要说的话，也不过是我的本行了。

但是文学创作者与学者，究竟有什么不同之点呢？简略说起来，文学创作者是重感情，富主观，凭借于刹那间的直觉，而描写事物，创造境地；不模仿，不造作，情之所至，意之所极，然后发为文章，其效用则在安慰人生，刺激人生，鞭策人生。

至于学者呢，正处于相反的地位，是重理智，要客观，凭借于系统的研究考证诸家之言，博览群书，然后整理之，增补之，另成一家之言，其效果使人不费若干心力，而能知古往今来一切事实，增加人类知识。

二者的异同如此而已，但亦有例外，即文学创作家亦有略带学者气味，而学者亦有略带文学创作家之精神者。如莎士比亚的历史戏剧，不得不以历史为背景，故必须研究历史事实；又如易卜生的问题剧，乃以社会问题为背景，即不能不研究当时挪威的社会情形。

尤其带学者气味而创作者，即儿童文学家，第一须知儿童的心理，及当时教育的情形，同时亦须有诗的灵魂，美的辞藻，而后才告厥成。

又如英国罗素的数理哲学，即给我们人类正确数上的观念，胡适之《中国哲学史大纲》，是用历史的方法，推翻译整理中国古哲学之学说，予吾人一个清楚的观念。

但是一个大学者能成一家之言者，亦略有创作之成份，如梁漱溟之《东西文化及其哲学》，其中有一章说到未来的世界与文明，这是根据以前的事实而推测想象未来的世界。唯此与艺术家的创作略有所不同。又如王维的《红楼梦评论》即以其个人的人生观来解释《红楼梦》的内容，及其真正的价值。

文学创作家，和学者的界限，既以说明，其次就要说到创作家在文化上所占的地位了。

人类的文化的内在的活动，是在思想方面，其他如政治军事等都不过是这思想的表现，所以欲改革时代，第一须改革思想。创作家譬如是在人类心灵上建筑一些东西，这些东西的活动比什么都猛烈，如卢骚的写《民约论》，爱米尔《新爱路意司》，于是促成法国的大革命；又如歌德的《少年维特之烦恼》，其影响于当时青年的思想极大；又如英国的 Stowe 夫人，著《黑奴吁天录》，是在林肯时代出版的，因此引起林肯及各国人士的同情，而有“南北战争”，黑奴竟得以释放；又如俄国的屠格涅夫的散文诗中，对无产阶级表示同情，杜斯朵也夫斯基，他的小说中，有描写资本家压迫平民的，因此而激起共产革命。

照上面的话来看，我们知道人类的历史上，种种的进展，变化，走到山穷水尽时，都由几个有力的作家，引导群众，另辟一条新路，因之由几个创作家的作品中，也可以看出时代的转变来，——这当然为了创作家的感觉特别灵敏，同情特别深，所以有此功效。

英国诗人雪莱的《西风歌》中，有一句话道："愿你当我是一只喇叭，将新思想吹向人类。"这很可以证明创作家在文化上所占的地位，如何重要了。

文学的特质，既已说清楚了，现在该说到著作家应有的修养了。我以为创作家的修养，可分两方面来说：

一、内质方面的修养。

二、外形方面的修养。

内质方面的修养，可以分思想、想象、感情三种。

思想方面，创作家的思想，不但直接影响其作品的本身，同时也能影响到社会上的群众，所以一个创作家应当怎样磨砻其思想，应如何尽量吸收社会种种现象，作为对社会批评的准则，及引导人类而开辟一条新路径，都是很重要的问题。例如有许多作家，他们很能忠实地观察人生，也能很技巧地表现人生，但能给我们以一条新路的，究竟还太少，所以创作家尤应在这一点上努力修养。

想象方面，根据既往的经验，而成功一个新的意象，这就是所谓想象，——而想象力是组织一篇文章必要的元素，如果有了很好的思想，也有了象征这思想的人物，而作者缺少想象这些人物的个性能力，那么这作品必有不真切的描写，和矫揉造作的弊病了，同时也必失掉文学感人之力，想象力之重要可想而知。所以创作家必努力修养其丰富的想象力，——这当然一部分还是要靠天才，不过果能忠实的生活，细密的生活，也未尝无助于想象力。

感情方面，这一点要比以上的两点，与文学发生更密切的关系，也可以说这就是文学的特征。譬如思想，想象，就是哲学家、科学家，也缺少不得的，只有感情，是文学所特别需要的，而是哲学科学所摒弃的。

感情对于文学既有如是密切的关系，然则创作家对于感情应如何修养呢？

在过去的文学上，我们可以找出作家永不朽的感情，那不是小我自私自利的情，而是大我的同情。如郑板桥、苏东坡、杜甫这一类人，哪一个不是富于同情心的呢，杜甫的《茅屋为秋风所破歌》“安得广厦千万间，大庇天下寒士俱欢颜，……吾庐独破受冻死亦足”及郑板桥《于淮安舟中寄弟墨书》说“以人为可爱，而我亦可爱矣，以人为可恶，而我亦可恶矣”。东坡一生觉得世人没有不好的人，最是他的好处。

这些无猜忌，无偏私的博爱的同情心，正是文学家所需要的。如果文学家缺少了同情心，他的做品也就缺少了灵魂，永也不能引起人间的共鸣，慰藉人生，鼓励人生的功效也要抹煞了。

所以我们在这里可以得一个结论：就是文学创作家，内质方面的修养，一、应对于人类的生活，有透彻的观察，能找出人间的症结，把浮光下的丑恶，不客气地、忠实地披露出来，使人们感觉有找寻新路的必要。二、应把他所想象的未来世界，指示给那些正在歧路上彷徨的人们，引导他们向前去，同时更应以你的热情，去温慰人间的悲苦者，鼓励世上的怯懦者。

这本不是很容易成功的事，一个作家，能作到这一步，恐怕要尽他毕生的岁月在修养，在努力，最后才能有与日月争光的作品，贡献于人间，著作家勉力吧！

其次当然要讨论到外形的方面来了。外形虽然仅仅是技巧问题，但也不是可以忽略的问题。一个作家内在的精神，能够表现到几分，那就要看他的技巧有几分了。你如有十分的技巧，当然可以表现你十分的内在精神，否则你纵有好思想，好材料，而没有剪裁的能力，结构的方法，调协音律的功夫，便不能引人入胜。好像一个乡下的土财主，他纵有几千几万的财产，但他不会运用，只是挖个土窖，把财产埋在里面，谁又知道他是个大财主呢！创作家只有内在的精神，而无表现的能力，也正如土财主不会运用他的财产一样的可惜。

技巧既然如是重要，那么我们的创作家，又应怎样修养呢？我以为除去多写多看之外，还应当多改。修改，对于文字技巧的进步，是极有效的，所以我们的作家托尔斯泰，他每次作稿，总要多次地修加，把一章原稿，改得几乎都看不清了。然后经他的夫人替他誊清，放在他的书桌上，预备他第二天寄出去。哪晓得他第二天从楼上走下来，把那誊清的稿子，看了一遍，又不知不觉地要改削起来，直改到连自己都觉得对不起替他誊清的夫人了，于是他对夫人说："吾爱！我一定不再改了。"但这又有什么用呢，不久他仍然还是要改的。有时甚至这稿子已经寄出去了，他忽觉得某两字不妥当，便立刻打电报去更正。由此可见他对于文学的技巧，是如何地苦修，又是如何地忠实了。

有了好的技巧，又有好的思想，丰富的想象，热烈的感情，便可以作一个成功的创作家了。有志于文学的人，你们读了这篇文章，当知所努力了吧！

（原载《上海工部局女中年刊》1933 年 5 月 2 日创刊号）

灾还不够

每天拿起报纸来，最使我刺心的，就是这里堤决，那里河涨，似乎满报纸上，都漾出了洪水的恐怖，满耳朵里都响着恶涛凶浪，和灾民的悲呼惨号的怪声。

“怎么好？一天到晚，不是天灾，便是人祸，何时是了？”我愤恨地叫着。

一个同事，向我一声冷笑道：“我觉得灾还不够！”

我不由得睁起一双惊奇的眼望着她说：“怎么？灾还不够？你纵不曾亲到过灾区，但你总应当有点想象力呵。你难道没有看见报上的记载吗？田产牛马都被无情的大水冲得干干净净，那些百姓流离颠沛，不死于水，也死于饥寒，这种灾害还小了吗？”

我刺刺不休地诘责她，而她的态度，仍是那样冷漠，似乎笑我，像个孩子，全不懂世故，我被她那态度所征服，竟没有勇气再说下去，只低头敬待她的下文。

果然她态度沉着慢慢地说道：“你看民众，直到现在，仍然是一只绵羊，在那种种的恶势力下，求苟安，再不想反抗，也再不想找出路。这难道不是因为灾还不够吗？我以为还应当有更厉害的鞭策，置民众于死地，然后才有从苟安懒惰中觉醒的人群！”

她的话当然不能说毫无理由，可是，我仍不能拜服，我说："不然，这并不是灾还不够，只是大人物没有受到灾罢了。如果能使大人物一样的受苦，你看河淤了有人开掘没有？堤溃了有人修理没有？何至于让洪水一次两次的泛滥于中国，……现在却不然，灾害只有使大人物多些升官发财的机会，所以他们乐得多制造些灾来，鱼肉民众了！"

"但是请问，中国是民众占大半数，还是大人物占大多数？"那位同事态度强硬的说，"……为什么以大多数的民众而为几个大人物作奴隶供宰割，这不是自找苦吃？但凡民众能觉悟，国家是民众的，改善国家是自己的责任；大家团结起来，这些魑魅魍魉将不打而自倒了。而民众到现在，还不觉悟，难道不是灾还不够吗？"

唉！我现在只有默然了！

（选自1933年7月7日《时事新报》副刊《青光》）

屈伸自如

昼长无聊，偶翻十三经至孔老先生“天下有道则见，无道则隐”及“邦有道如矢，邦无道如失”。不禁掩卷而长叹道：“傻子哉，孔老先生也！”怪不得有陈蔡之厄，周游列国，卒不见用！苟能学今之大人先生，又何往而不利？

然则今之大人先生处世之道如何？无他，能“屈伸自如”耳。何谓屈伸自如？即见人之势与财强于我者，则恭敬如儿孙对父祖，卑颜屈膝舔痔拍马，尽其能事而为之，如是则可仗人势，狐假虎威，昂首扬眉，摆摆摇摇，像煞有介事，渐渐而求之，不难为人上之人矣！

至于见无势无财之人，则傲之，骄之，虎吓之，吹法螺，装腔而作势，威风凛凛，气派十足，使其人不敢仰目而视，足恭听令，因之其气焰蒸蒸焉，灼灼焉，不可一世矣。

“屈伸自如”既有如是之宏功伟业，吾人宁可不鞠躬受教，以自取于灭亡耶？

然操此术者，亦有所谓秘诀者在，即忘记自己是个人，既非人则何恤乎人格？故不要人格是第一秘诀，试看古往今来，愚忠愚孝的傻子，修德立品的呆子，都是太看重自我和人格了，所以弄得

“杀身成仁”徒贻笑于今日之大人先生，真真何苦来哉！

时至今日，世变非常，立身之道岂可不变？苟不知应付之术，包管索尔于枯鱼之肆，反之则可以大作其官，大发其财了！

穷小子们觉悟罢，不要被孔老先生所误，什么立功、立德、立言，这都是隔壁账，还是练习其“屈伸自如”之本事，与今之大人先生抗衡于二十世纪之世界，岂不妙哉！

（选自1933年7月14日《时事新报》副刊《青光》）

监守自盗

听说中国也有法律，法律也是保障民权，制裁人们行为的那一套原理。可是吾辈愚民，所见不广，只觉那法律作怪，只会向小百姓瞪眼发威，那些衮衮诸公，何尝把法律这小子放在眼里呢。哦，是了，我想起来了，墨子曾经有这么一句话："窃国者侯，窃钩者诛。"使我恍然明白从古及今，中国一切的法律，都只限于约束小百姓，而衮衮诸公呢，那是特殊阶级，是孟轲所说的治人阶级，所以法在小民，刑在小民，而皆不上衮衮诸公，因此失地万里的将军，涂炭人民的元帅，尽可以挟带金宝美姬，逍遥于法外，当政诸公，连正眼都不敢向他望一望了！

中国法律的效用，既是如此这般，而今甚嚣尘上之"监守自盗"的案件，能不能伸之以法，以昭公允，我们也就可想而知了。崔振华女士究竟太相信正义了，谓予不信，且大睁着眼看吧！虽然某夫人，在挑选皮货时，被崔女士亲眼看见，但这又有什么关系呢？这原是因为皮货不能久藏，所以衮衮诸公议决出卖，这一个监守自盗的嫌疑，就这样轻描淡写的有了交代。此外如古字画书籍等，也不是永远不坏的东西，当然也可以哪一天随他们的高兴出卖了。但这些有时间性的皮货与字画书籍等，既不能保存于公共场所，却偏能保存于私人箱箧中，岂不令人费解？又岂是买皮货和字画等的人，算盘不精吗？而且既是公决出卖，竟可大大方方，为什么要那么门禁森严，玩得那么神秘呢？

哈哈！神秘的中国法律，神秘的中国政治，更神秘的是衮衮诸公的心肠，吾辈愚民只有向此神秘之神，神秘的膜拜了，尚何言哉！尚何言哉！

（选自1933年7月21日《时事新报》副刊《青光》）

愧

在整理旧稿时，发现了一个孩子给我的信，那是一颗如水晶般透明的心，热诚地贡献给我；而且这个孩子，正走到满是荆棘的园地里，家庭使他受苦，社会又使他惶惑，他那颗稚嫩的心，便开始受伤，隐隐的滴血。正在这时候，他抓住了我，叫道："老师，你领导我呀，你给我些止血的圣药呀！"唉，伟大，这霎时间，在我心灵中闪光，我觉得我的确充实着力量，而且我很愿意，摧毁一切的虚伪，一样地把我赤裸裸的心贡献于他。于是两颗无疵无瑕的心，携着手，互相地抚摸安慰。

但恶魔从暗陬里闪了进来，把我灵宫中昙花一现的神光遮蔽了，在渐积的世故人情的威权下，我忽略了孩子所贡献给我的心，他是那样饥饿地盼望我的救助，而我只是淡淡地对他一瞥便躲开了。

残酷的流年，变迁了一切，这颗孩子的心，恐也不免被渐积的世故人情所污染。这自然未必都是我的错，可是在事隔五年的今天，翻出那孩子所给我心的供状，我的脸不禁火般地灼热，我的心难免颤抖。呵，我怎能避免良心的鞭策？

而且就是如今，我仍继续着，干这残忍的勾当，我不能如我想象般应付那些透明孩子的心，当他们将纯洁的心泪，流向我面前时，只有我受恩惠，因为在那一霎时，我真烛见无掩无饰的人生，而我又给他们些什么呢?

惭愧，我对于一切的孩子的心抱愧，在这谲诡奸诈的社会里，孩子们从所谓教育家那里所能得到，仅是一些龌龊的人世经验。唉，这个世界上只有孩子才配称得起人们之师吧!

（选自1933年7月28日《时事新报》副刊《青光》）

夏的歌颂

出汗不见得是很坏的生活吧，全身感到一种特别的轻松。尤其是出了汗去洗澡，更有无穷的舒畅，仅仅为了这一点，我也要歌颂夏天。

其久被压迫，而要挣扎过——而且要很坦然的过去，这也不是毫无意义的生活吧，——春天是使人柔困，四肢瘫软，好像受了酒精的毒，再无法振作；秋天呢，又太高爽，轻松使人忘记了世界上有骆驼——说到骆驼，谁也不忘了它那高峰凹谷之间的重载，和那慢腾腾，不尤不怨的往前走的姿势吧！冬天虽然是风雪严厉，但头脑尚不受压轧。只有夏天，它是无隙不入的压迫你，你每一个毛孔，每一根神经，都受着重大的压扎；同时还有臭虫蚊子苍蝇助虐的四面夹攻，这种极度紧张的夏日生活，正是训练人类变成更坚强而有力量的生物。因此我又不得不歌颂夏天！

二十世纪的人类，正度着夏天的生活——纵然有少数阶级，他们是超越天然，而过着四季如春享乐的生活，但这太暂时了，时代的轮子，不久就要把这特殊的阶级碎为齑粉！——夏天的生活是极度紧张而严重，人类必要努力的挣扎过，尤其是我们中国不论士农工商军，哪一个不是喘着气，出着汗，与紧张压迫的生活拼命呢？

脆弱的人群中，也许有诅咒，但我却以为只有虔敬的承受，我们尽量的出汗，我们尽量的发泄我们生命之力，最后我们的汗液，便是甘霖的源泉，这炎威逼人的夏天，将被这无尽的甘霖所毁灭，世界变成清明爽朗。

夏天是人类生活中，最雄伟壮烈的一个阶段，因此，我永远的歌颂它。

（选自1933年8月2日《时事新报》副刊《青光》）

恋爱不是游戏

没有在浮沉的人海中，翻过筋斗的和尚，不能算善知识；

没有受过恋爱洗礼的人生，不能算真人生。

和尚最大的努力，是否认现世而求未来的涅槃。但他若不曾了解现世，他又怎能勘破现世，而跳出三界外呢？

而恋爱是人类生活的中心，孟子说：“食色性也。“所谓恋爱正是天赋之本能，如一生不了解恋爱的人，他又何能了解整个的人生？

所以凡事都从学习而知而能，只有恋爱用不着学习，只要到了相当的年龄，碰到合适的机会，他和她便会莫名其妙地恋爱起来。

恋爱人人都会，可是不见得人人都懂，世俗大半以性欲伪充恋爱，以游戏的态度处置恋爱，于是我们时刻可看到因恋爱而不幸的记载。

实在的恋爱绝不是游戏，也绝不是堕落的人生所能体验出其价值的，它具有引人向上的鞭策力，它也具有伟大无私的至上情操，它更是美丽的象征。

在一双男女正纯洁热爱着的时候，他和她内心充实着惊人的力量；他们的灵魂是从万有的束缚中，得到了自由，不怕威胁，不为利诱，他们是超越了现实，而创造他们理想的乐园。

不幸物欲充塞的现世界，这种恋爱的光辉，有如萤火之微弱，而且“恋爱”有时适成为无知男女堕落之阶，使维纳斯不禁深深地叹息：“自从世界人群趋向灭亡之途，恋爱变成了游戏，哀哉！”

（选自1933年8月4日《时事新报》副刊《青光》）

花瓶时代

这不能不感谢上苍，它竟大发慈悲，感动了这个世界上傲岸自尊的男人，高抬贵手，把妇女释放了，从奴隶阶级中解放了出来。现代的妇女，大可扬眉吐气的走着她们花瓶时代的红运，虽然花瓶，还只是一件玩艺儿，不过比起从前被锁在大门以内作执箕帚，和泄欲制造孩子的机器，似乎多少差强人意吧！

至少花瓶是一种比较精致的器具，可以装饰在堂皇富丽的大厅里，银行的柜台畔，办公室的桌子上，可以引起男人们超凡入圣的美感，把男人们堕落的灵魂，从十八层地狱中提上人界；有时男人们工作疲倦了，正要咒诅生活的枯燥，乃一举眼视线不偏不倚的，投射到花瓶上，全身紧张着的神经松了，趣味油然而生。这不是花瓶的价值和对人类的贡献吗？唉，花瓶究竟不是等闲物呀！

但是花瓶们，且慢趾高气扬，你就是一只被诗人济慈所歌颂过的古希腊名贵的花瓶。说不定有一天，要被这些欣赏而鼓舞着你们的男人们，嫌你们中看不中吃，砰的一声把你们摔得粉碎呢！

所以这个花瓶的命运，究竟太悲惨；你们要想自救，只有自己决心把这花瓶的时代毁灭，苦苦修行，再入轮回，得个人身，才有办法。而这种苦修全靠自我的觉醒，不能再妄想从男人们那里求乞恩惠。如果男人们的心胸，能如你们所想象的，伟大无私，那么，这世界上的一切幻梦，都将成为事实了！而且男人们的故示宽大，正足使你们毁灭，不要再装腔作势，搔首弄姿的在男人面前自命不凡吧！花瓶的时代，正是暴露人类的羞辱与愚蠢啊！

（选自1933年8月11日《时事新报》副刊《青光》）

我愿秋常驻人间

提到秋，谁都不免有一种凄迷哀凉的色调，浮上心头；更试翻古往今来的骚人、墨客，在他们的歌咏中，也都把秋染上凄迷哀凉的色调，如李白的《秋思》："……天秋木叶下，月冷莎鸡悲，坐愁群芳歇，白露凋华滋。"柳永的《雪梅香辞》："景萧索，危楼独立面晴空，动悲秋情绪，当时宋玉应同。"周密的《声声慢》："……对西风休赋登楼，怎去得，怕凄凉时节，团扇悲秋。"

这种凄迷哀凉的色调，便是美的元素，这种美的元素只有"秋"才有。也只有在"秋"的季节中，人们才体验得出，因为一个人在感官被极度的刺激和压扎的时候，常会使心头麻木。故在盛夏闷热时，或在严冬苦寒中，心灵永远如虫类的蛰伏。等到一声秋风吹到人间，也正等于一声春雷，震动大地，把一些僵木的灵魂如虫类般地唤醒了。

灵魂既经苏醒，灵的感官便与世界万汇相接触了。于是见到阶前落叶萧萧下，而联想到不尽长江滚滚来，更因其特别自由敏感的神经，而感到不尽的长江是千古常存，而倏忽的生命，譬诸昙花一现。于是悲来填膺，愁绪横生。

这就是提到秋，谁都不免有一种凄迷哀凉的色调，浮上心头的原因了。

其实秋是具有极丰富的色彩，极活泼的精神的，它的一切现象，并不像敏感的诗人墨客所体验的那种凄迷哀凉。

当霜薄风清的秋晨，漫步郊野，你便可以看见如火般的颜色染在枫林、柿丛和浓紫的颜色泼满了山巅天际，简直是一个气魄伟大的画家的大手笔，任意趣之所之，勾抹涂染，自有其雄伟的丰姿，又岂是纤细的春景所能望其项背？

至于秋风的犀利，可以洗尽积垢；秋月的明澈，可以照烛幽微。秋是又犀利又潇洒，不拘不束的一位艺术家的象征。这种色调，实可以苏醒现代困闷人群的灵魂，因此我愿秋常驻人间！

（选自1933年8月18日《时事新报》副刊《青光》）

男人和女人

一个男人，正阴谋着要去会他的情人。于是满脸柔情地走到太太的面前，坐在太太所坐的沙发椅背上，开始他的忏悔："琼，在这个世界上只有你能谅解我——第一你知道我是个天才，琼多幸福呀，作了天才者的妻！这不是你时常对我的赞扬吗？"

太太受催眠了，在她那感情多于意志的情怀中，漾起爱情至高的浪涛，男人早已抓住这个机会，接着说："天才的丈夫，虽然可爱，但有时也很讨厌，因为他不平凡，所以平凡的家庭生活，决不能充实他深奥的心灵，因此必须另有几个情人。但是琼你要放心，我是一天都离不得你的，我也永不会同你离婚，总之你是我的永远的太太，你明白吗？我只为要完成伟大的作品，我不能不恋爱，这一点你一定能谅解我，放心我的，将来我所有成就，都是你的赐予，琼，你够多伟大呀！尤其是在我的生命中。"

太太简直为这技巧的感情所屈服了，含笑地送他出门——送他去同情人幽会，她站在门口，看着那天才的丈夫，神光奕奕的走向前去，她觉得伟大，骄傲，幸福，真是哪世修来这样一个天才的丈夫！

太太回到房里，独自坐着，渐渐感觉得自己的周围，空虚冷寂，再一想到天才的丈夫，现在正抱在另一个女人的怀里：“这简直是侮辱，不对，这样子妥协下去，总是不对的。”太太陡然如是觉悟了，于是“娜拉”那个新典型的女人，逼真地出现在她心头：“娜拉的见解不错，抛弃这傀儡家庭，另找出路是真理！”太太急步跑上楼，从床底下拖出一只小提箱来，把一些换洗的衣服装进去。正在这个时候，门砰的一声响，那个天才的丈夫回来了，看见太太的气色不太对，连忙跑过来搂着太太认罪道：“琼！恕我，为了我们两个天真的孩子您恕我吧！”

太太看了这天才的丈夫，柔驯得像一只绵羊，什么心肠都软了，于是自解道：“娜拉究竟只是易卜生的理想人物呀！”跟着箱子恢复了它原有的地位，一切又安然了！

男人就这样永远获得成功，女人也就这样万劫不复的沉沦了！

（选自1933年8月25日《时事新报》副刊《青光》）

代三百万灾民请命

连日翻开报，都看到黄河水涨，势将成灾的消息，心头不禁为之惴栗，但愿能幸免于万一。哪知前日报上竟载着黄河决口灾情惨重，沿河村落，竟成泽国，灾民不下三百万，于是各慈善团体，开紧急会议，筹思所以赈济之策。这本是大慰人心的消息，不但是那些嗷嗷待哺的饥民，要额手称庆，念一声“南无阿弥陀佛，善哉，善哉”了，就是我们小民，满心头也充塞着见死不救何以为人的气概，不能不多少减衣省食，蓄积三九元去救助他们。

但是再一看过去的种种事实，我们又不能为了这个赈济的消息，就放心得下。这是什么缘故呢？唉！说起来只是装我们贵国人的幌子。即拿“九一八”以来，民众对于前方抗敌的健儿，所捐助的款项来说吧，据传说共收到民众捐款在两千万元以上，而前方实际上只收到一百余万元，日来正闹着什么对经手人的检举，及清查账目这一类的事。同又听见说有一部分人，本是住在人家后楼或亭子间的穷光蛋，只因为充了什么会的一员后，不到两三个月，居然租起洋房坐起汽车，讨起小老婆来了。呜呼，这是什么钱，竟忍心往腰包里放，真所谓此可为，天下事孰不可为了！

如果这次对灾民的捐助，不能有一妥善的办法，仍只是为一部分人充实腰包，不但灾民无从得救，就是我们这些捐钱的小百姓，也不愿永远作冤大头，把那辛苦的血汗钱，不明不白地供给他们作讨小老婆、吃黑饭的开销，结果必致因噎废食，没有人肯捐钱了，那些灾民的前途，还堪设想吗？因此我们又不能不代三百万灾民请命，请办赈济的大人先生们，破格地克己点吧！

（选自1933年9月1日《时事新报》副刊《青光》）

窗外的春光

几天不曾见太阳的影子，沉闷包围了她的心。今早从梦中醒来，睁开眼，一线耀眼的阳光已映射在她红色的壁上，连忙披衣起来，走到窗前，把洒着花影的素幔拉开。前几天种的素心兰，已经开了几朵，淡绿色的瓣儿，衬了一颗朱红色的花心，风致真特别，即所谓“冰洁花丛艳小莲，红心一缕更嫣然”了。同时一股沁人心脾的幽香，喷鼻醒脑，平板的周遭，立刻涌起波动，春神的薄翼，似乎已扇动了全世界凝滞的灵魂。

说不出是喜悦，还是惆怅，但是一颗心灵涨得满满的，——莫非是满园春色关不住，——不，这连她自己都不能相信；然而仅仅是为了一些过去的眷恋，而使这颗心不能安定吧！本来人生如梦，在她过去的生活中，有多少梦影已经模糊了，就是从前曾使她惆怅过，甚至于流泪的那种情绪，现在也差不多消逝净尽，就是不曾消逝的而在她心头的意义上，也已经变了色调，那就是说从前以为严重了不得的事，现在看来，也许仅仅只是一些幼稚的可笑罢了！

兰花的清香，又是一阵浓厚的包袭过来，几只蜜蜂嗡嗡的在花旁兜着圈子，她深切的意识到，窗外已充满了春光；同时二十年前的一个梦影，从那深埋的心底复活了：

一个仅仅十零岁的孩子，为了脾气的古怪，不被家人们的了解，于是把她送到一所囚牢似的教会学校去寄宿。那学校的校长是美国人，——一个五十岁的老处女，对于孩子们管得异常严厉，整月整年不许孩子走出那所筑建庄严的楼房外去。四围的环境又是异样的枯燥，院子是一片沙土地；在角落里时时可以发现被孩子们踏陷的深坑，坑里纵横着人体的骨骼，没有树也没有花，所以也永远听不见鸟儿的歌曲。

春风有时也许可怜孩子们的寂寞吧！在那洒过春雨的土地上，吹出一些青草来——有一种名叫“辣辣棍棍”的，那草根有些甜辣的味儿，孩子们常常伏在地上，寻找这种草根，放在口里细细的嚼咀。这可算是春给她们特别的恩惠了！

那个孤零的孩子，处在这种阴森冷漠的环境里，更是倔强，没有朋友，在她那小小的心灵中，虽然还不曾认识什么是世界，也不会给这个世界一个估价，不过她总觉得自己所处的这个世界，是有些乏味。她追求另一个世界。在一个春风吹得最起劲的时候，她的心也燃烧着更热烈的希冀。但是这所囚牢似的学校，那一对黑漆的大门仍然严严的关着，就连从门缝看看外面的世界，也只是一个梦想。于是在下课后，她独自跑到地窖里去，那是一个更森严可怕的地方，四围是石板作的墙，房顶也是冷冰冰的大石板，走进去便有一股冷气袭上来，可是在她的心里，总觉得比那死气沉沉的校舍，多少有些神秘性吧。最能引诱她当然还是那几扇矮小的窗子，因为窗子外就是一座花园。这一天她忽然看见窗前一丛蝴蝶兰和金钟罩，已经盛开了，这算给了她一个大诱惑。自从发现了这窗外的春光后，这个孤零的孩子，在她生命上，也开了一朵光明的花。她每天像一只猫儿般，只要有工夫，便蜷伏在那地窖的窗子上，默然的幻想着窗外神秘的世界。

她没有哲学家那种富有根据的想象，也没有科学家那种理智的头脑，她小小的心，只是被一种天所赋与的热情紧咬着。她觉得自己所坐着的这个地窖，就是所谓人间吧——一切都是冷硬淡漠，而那窗子外的世界却不一样了。那里一切都是美丽的，和谐的，自由的吧！她欣羡着那外面的神秘世界，于是那小小的灵魂，每每跟着春风，一同飞翔了。她觉得自己变成一只蝴蝶，在那盛开着美丽的花丛中翱翔着；有时她觉得自己是一只小鸟，直扑天空，伏在柔软的白云间甜睡着。她整日支着颐不动不响的尽量陶醉，直到夕阳逃到山背后，大地垂下黑幕时，她才怏怏的离开那灵魂的休憩地，回到陌生的校舍里去。

她每日每日照例的到地窖里来，——一直过完了整个的春天。忽然她看见蝴蝶兰残了，金钟罩也倒了头，只剩下一丛深碧的叶子，苍茂的在薰风里撼动着，那时她竟莫明其妙的流下眼泪来。这孩子真古怪得可以，十零岁的孩子前途正远大着呢，这春老花残，绿肥红瘦，怎能惹起她那么深切的悲感呢?！但是孩子从小就是这样古怪，因此她被家人所摒弃，同时也被社会所摒弃。在她的童年里，便只能在梦境里寻求安慰和快乐，一直到她否认现实世界的一切，她终成了一个疏狂孤介的人。在她三十年的岁月里，只有这些片段的梦境，维系着她的生命。

阳光渐渐的已移到那素心兰上，这目前的窗外春光，撩拨起她童年的眷恋，她深深的叹息了：“唉，多缺陷的现实的世界呵！在这春神努力的创造美丽的刹那间，你也想遮饰起你的丑恶吗？人类假使连这些梦影般的安慰也没有，我真不知道人们怎能延续他们的生命哟！”

但愿这窗外的春光，永驻人间吧！她这样虔诚的默祝着，素心兰像是解意般的向她点着头。

（选自《人间世》杂志1934年第1期）

赠李唯建

心爱：

血与泪是我贡献给你的呵！唯建！你应看见我多伤的心上又加了一个症结！自然我也知道这不是你的错，你对我的真诚我不该再怀疑，然而呵，唯建，天给我的宿命是事事不如人，我不敢说我能得到意外的幸福，纵然这些幸福已由你亲手交给我过！唉，唯建！唯建！我是从断头台下脱逃的俘虏呵，你原谅我已经破裂的胆和心吧！我再不能受世上的风波，况且你的心是我生命的发源地，你要我忘了你，除非你毁掉我的生命！唉，唯建！你知道当我想象到将来有一天，我从你那里受了最后的裁判时，我不能再苟延一天在这个世界上，我只有丢下一切走，我不能用我的眼睛再看别人是在你温柔的目光里，我也不能用我的耳朵再听别人是在你甜美的声唤中！总之，我是爱你太深，我的生命可以失掉，而不能失掉你！我知道你现在是爱我的，并且你也预备永远爱我，然而我爱你太深，便疑你也深，有时在你觉得不经意的一件事，而放在我的身上便成了绝对的紧张和压迫了。唯建，你明白地告诉我，我这样的痴情真诚的心灵中还容不得你吗？人生在世上所最可珍贵的，不是绝对的得到一个人无私的忠挚的心吗？唉，唯建！我的心痛楚，我的热血沸腾，我的身体寒战，我的精神昏沉，我觉得我是从山巅上陨落的石块，将要粉碎了！粉碎了呵！唯建！你是爱护这块石头的，你忍心看它粉碎吗？并且是由你的掌握之下，使它粉碎的呵！唉！你！多情多感的唯建！我知你必定尽全力来救护我的，望你今后少给我点苦吃，你瞧我狼狈得还成样子吗！现在我的心紧绞如一把乱麻，我的泪流湿了衣襟，有时也滴在信笺上。亲爱的唯建呵！这样可怜的心要吐的哀音正不知多少，但是我的头疼眼花手酸喉梗，我只有放下笔倒在床上，流我未尽的泪吧！唉！唯建！你是绝顶的聪明人，你能知道我的心，纵使你沉默，你也是了然的！

你可怜的庐隐书于柔肠百转中

（原载《时代画报》1935 年第 8 卷第 10 期）

吹牛的妙用

吹牛是一种夸大狂，在道德家看来，也许认为是缺点，可是在处事接物上却是一种刮刮叫的妙用。假使你这一生缺少了吹牛的本领，别说好饭碗找不到，便连黄包车夫也不放你在眼里的。

西洋人究竟近乎白痴，什么事都只讲究脚踏实地去做，这样费力气的勾当，我们聪明的中国人，简直连牙齿都要笑掉了。西洋人什么事都讲究按部就班的慢慢来，从来没有平地登天的捷径，而我们中国人专门走捷径，而走捷径的第一个法门，就是善吹牛。

吹牛是一件不可轻看的艺术，就如修辞学上不可缺少“张喻”一类的东西一样，像李白什么“黄河之水天上来”，又是什么“白发三千丈”，这在修辞学上就叫作“张喻”，而在不懂修辞学的人看来，就觉得李太白在吹牛了。

而且实际上说来，吹牛对于一个人的确有极大的妙用。人类这个东西，就有这么奇怪，无论什么事，你若老老实实的把实话告诉他，不但不能激起他共鸣的情绪，而且还要轻蔑你冷笑你，假使你见了那摸不清你根底的人，你不管你家里早饭的米是当了被褥换来的，你只要大言不惭的说“某部长是我父亲的好朋友，某政客是我拜把子的叔公，我认得某某某巨商，我的太太同某军阀的第五位太太是干姊妹”，吹起这一套法螺来，那摸不清你的人，便帖帖服服的向你合十顶礼，说不定碰得巧还恭而且敬的请你大吃一顿筵席呢！

吹牛有了如许的好处，于是无论哪一类的人，都各尽其力的大吹其牛了。但是且慢！吹牛也要认清对手方面的，不然的话，必难打动他或她的心弦，那么就失掉吹牛的功效了。比如说你见了一个仰慕文人的无名作家或学生时，而你自己要自充老前辈时，你不用说别的，只要说胡适是我极熟的朋友，郁达夫是我最好的知己，最妙你再转弯抹角的去探听一些关于胡适、郁达夫琐碎的轶事，比如说胡适最喜听什么，郁达夫最讨厌什么，于是便可以亲亲切切的叫着“适之怎样怎样，达夫怎样怎样”，这样一来，你便也就成了胡适、郁达夫同等的人物，而被人所尊敬了。

如果你遇见一个好虚荣的女子呢，你就可以说你周游过列国，到过土耳其、南非洲！并且还是自费去的。这样一来就可以证明你不但学识、阅历丰富，而且还是个资产阶级。于是乎你的恋爱便立刻成功了。

你如遇见商贾、官僚、政客、军阀，都不妨察言观色，投其所好，大吹而特吹之。总而言之，好色者以色吹之，好利者以利吹之，好名者以名吹之，好权势者以权势吹之，此所谓以毒攻毒之法，无往而不利。

或曰吹牛妙用虽大，但也要善吹，否则揭穿西洋镜，便没有戏可唱了。

这当然是实话，并且吹牛也要有相当的训练，第一要不红脸，你虽从来没有著过一本半本的书，但不妨咬紧牙根说：“我的著作等身，只可恨被一把野火烧掉了！”你家里因为要请几个漂亮的客人吃饭，现买了一副碗碟，你便可以说：“这些东西十年前就有了。”以表示你并不因为请客受窘。假如你荷包里只剩下一块大洋，朋友要邀你坐下来八圈，你就可以说：“我的钱都放在银行里，今天竟匀不出工夫去取！”假如哪天你的太太感觉你没多大出息时，你就可以说张家大小姐说我的诗作的好，王家少奶奶说我脸子漂亮而有丈夫气，这样一来太太便立刻加倍的爱你了。

这一些吹牛经，说不胜说，但神而明之，存乎其人！

（选自《东京小品》，北新书局 1936 年 1 月版）

图书在版编目(CIP)数据

秋声 / 庐隐著. — 北京 : 中国文史出版社,2016.1
(民国美文典藏文库)
ISBN 978-7-5034-7237-4

Ⅰ. ①秋… Ⅱ. ①庐… Ⅲ. ①散文集-中国-现代
Ⅳ. ①I266

中国版本图书馆 CIP 数据核字(2015)第 302840 号

责任编辑：马合省　蔡晓欧

出版发行：**中国文史出版社**
网　　址：http://www.chinawenshi.net
社　　址：北京市西城区太平桥大街 23 号　邮编：100811
电　　话：010-66173572　66168268　66192736（发行部）
传　　真：010-66192703
印　　装：廊坊市海涛印刷有限公司
经　　销：全国新华书店
开　　本：787×1092　1/16
印　　张：15.25　　字数：183 千字
版　　次：2016 年 1 月第 1 版
印　　次：2016 年 1 月第 1 次印刷
定　　价：35.00 元